苗思露 —— 著

高邮文化与汪曾祺的文学创作

谨以此书纪念汪曾祺先生诞辰100周年

中国经济出版社
CHINA ECONOMIC PUBLISHING HOUSE

·北京·

图书在版编目（CIP）数据

高邮文化与汪曾祺的文学创作 / 苗思露著．
—北京：中国经济出版社，2020.3
ISBN 978–7–5136–6076–1

Ⅰ.①高… Ⅱ.①苗… Ⅲ.①汪曾祺（1920—1997）—文学研究 Ⅳ.① I206.7

中国版本图书馆 CIP 数据核字（2020）第 037672 号

责任编辑　张　博
责任印制　马小宾
封面设计　任燕飞工作室

出版发行	中国经济出版社
印 刷 者	北京富泰印刷有限责任公司
经 销 者	各地新华书店
开　　本	710mm×1000mm　1/16
印　　张	11.75
字　　数	147 千字
版　　次	2020 年 3 月第 1 版
印　　次	2020 年 3 月第 1 次
定　　价	68.00 元

广告经营许可证　京西工商广字第 8179 号

中国经济出版社 网址 www.economyph.com 社址 北京市东城区安定门外大街 58 号 邮编 100011
本版图书如存在印装质量问题，请与本社销售中心联系调换（联系电话：010-57512564）

版权所有　盗版必究（举报电话：010-57512600）
国家版权局反盗版举报中心（举报电话：12390）　服务热线：010-57512564

序 言
Preface

苗思露是我的博士,这本书是她的博士论文。

博士在读期间,她是教育部的职员——个儿头不大,门头儿挺大;而在出版这篇博士论文的时候,她已经是一个国企的副总——门头儿不大,个儿头却不小!也许,是文学改变了她的生活环境,但环境并没有改变她的人文情怀——这也是她执着地要出版博士论文的动因。

不知是有意为之还是纯属巧合,苗思露给我打电话嘱我作序的时候,正值汪曾祺100周年诞辰,朋友圈里陆续跳出几篇回忆纪念的文字,着实令我激动!

——在这全世界共同抗疫的特殊时刻,铺天盖地的都是生与死的较量,一个故去的文人还有人提起!

当然,提起他的,也是文人。

在这些纪念文字当中,最引发我的阅读兴趣的是杨早的文章:《我们为什么怀念汪曾祺》。

为什么这么说呢?

因为杨早与汪曾祺有关系——杨早的祖籍正是江苏扬州属下的高邮,与汪曾祺生活在一片热土。他的爷爷与汪曾祺是亲表兄弟,尤其是三爷爷，与汪曾祺命运相似，交情很深，还是理解与解读汪曾祺的重要人物。所以，他不但有真情实感，而且有真材实料。

因为杨早与我有关系——我曾于1994至1996年，连续两次两年在北京大学中文系做谢冕先生的访问学者。我的口号是"访就访北大，问就问谢冕"。第一年我们三个"访问学者"，杨鼎川、沈奇与我。

沈奇与我若即若离，因为他是诗人兼诗评家，相对来说更喜欢走自己的圈子，经常与诗歌界大咖来往唱和，不时拿回几本诗集与我们分享，最让我记忆深刻永久收藏的是曾让大诗人牛汉专门给我写了个条幅：文海书山自风流！

我与杨鼎川则形影不离。杨鼎川就是杨早的父亲，那时，还在羊城日报当记者的杨早经常出入北大48号楼，与他父亲"父子称兄弟"，不时"抓住"父亲的一点儿所谓的"把柄"要向母亲汇报。（以后，杨早考进北京大学中文系，成了陈平原先生的弟子；以后，他进入中国社会科学院文学研究所，并有"中国当代文学研究会副会长兼秘书长"的社会兼职。）

当然，更重要的，是通过杨氏父子，我与汪曾祺有了关系，而且不是一般关系，也不是一时的关系。

还得说北大访学。

北大是我们心中的圣地。

我们真的不知道从什么时候产生的这种北大情结，永远挥之不去，历久弥坚！杨鼎川出自书香门第，有这样的执着还情有可原，而我一个农家子弟，父母均一个字不认识，为什么起了个名字叫什么"文海"，投身文海之后又对北大有这么强的向往呢！记得刚一见到谢冕老师，谈起内蒙古通辽，谢老马上说起通辽有个诗人叫王磊，他与刘绍棠是同学。王磊曾经为刘绍棠做一首诗：你把运河比母亲，妈妈的游子是何人？金色的运河八百里，流过了你的山楂村。当时那种感觉，至今无法形容！

正值激情燃烧的岁数，正值激情燃烧的岁月，每日激情澎湃地出入北京大学，满脑子都是伟大梦想与宏伟蓝图。我至今还保留着洪子诚老师给我写的陆游的几句话："山平水远苍茫外，地辟天开指顾中。俊鹘横飞遥掠岸，大鱼腾出欲凌空"。那个时候，我们真是"出入见鸿儒，往来无平庸"，"朝扣名家门，暮随大师尘"！

——杨鼎川与正跟着谢冕先生读博士的孟繁华是"旧好"，那时孟夫人在香港工作，老孟一边读博一边照看孟怡，也就是今天已经声名鹊起的作家孟小书。通过"老孟"，我们与"正规军""打得火热"，谢洪的"批评家周末"及中文系各位名师的课堂及北大与隔壁清华的各种讲座，不断留下我们的身影。虽然，我们只是"访问学者"，属于游击队的序列，但我们自我感觉非常良好，因为我们非常专一，没有那么多杂七杂八的硬指标，倒可以放松地干自己想干的事情，干自己该干的事情，尤其是干了一些别人想干却干不成的事情！比如拜访京城各种各样的高人，经常是"听君一席话，少读十年书"！也是通过"老孟"结识了正在访问季羡林先生并住在先生家里的王文宏，又通过王文宏得以经常出入阆润园拜见季羡林先生。季羡林先生通常是抱着一只猫与我们交谈，偶尔再与猫说几句外语，那种人生高度是可遇而不可求的。

当然，拜见最多的，还是住在蒲黄榆的汪曾祺先生，在忘年与忘情的"无主题变奏"当中，消化文学，理解人生，诠释历史。前不久在整理书柜的时候，发现好多重样的书，都剔了出来，后来再进一步翻卷的时候才发现原来重样的基本都是作家签名亲送，其中就包括几本汪曾祺的散文集，一时大惊失色，慌忙装箱入柜，永久珍藏。

我说的那些，就是想说我选定这样的题目，是有我自己独特经历与思考的，而从另一个角度来说，指派给了苗思露也有许多合理的成分。

她出身于一个高级知识分子的家庭，父母是医学专家。在"大院"里长大的她，头发很长，见识却不短；她出生于红色革命家庭，家境优渥，祖上颇有余荫，也是因为父母的对知识与文化的尊重，在文化生活的方方面面对她都有很好的引领与熏染，诸如吃喝玩乐，琴棋书画，诗酒花茶，吃穿住行等等，都有一定的"素养"；她虽然是"跨专业"的考生，但中国人民大学新闻学系，王牌大学的王牌专业，文学的素养也没有问题，这样的基础，理解"最后一个士大夫"应该是有心得的。

在写作的过程中，也曾认真地到高邮考察，与地方的一些有关人士建立了很好的联系，经常可以得到一些非常"接地气"的材料，对她顺利地完成论文起到很好的作用。

她是彻头彻尾的"现代派"，做事讲究"效率"，写论文经常以"高效"完成一遍稿子，而且，上午交稿，下午就问你看没看，假如你没看，她明天上午会再打电话询问，弄得老师"很被动"！假如你看过，提了意见，她很快就改过发过来，又是上午交稿，下午就打电话启动"看没看"程序。我总觉得，这样的一个写作方式，与中国文学研究的"博大精深"不协调，但又讲不出什么"硬道理"让她信服。有一次因为谈论文的时间问题，我对她提出批评，结果出现了强烈的反弹，她坚定地认为我搞错了，过了很长时间，她终于拿出了有力的证据证明我真的搞错了。她是讲理的人，也是当理不让的人。她就是以这种"高效"的方式，写成了博士论文，顺利通过答辩。（我说这番话，既没想夸她什么才思敏捷、才华横溢之类，也没有说她浮皮潦草、粗心大意的意思，我只是描绘她的雷厉风行的风格特点，这种"执行力"也可能是"总裁"所需要的。）

序　言

　　1996年7月，杨鼎川与沈奇访学结束离开北大，我开启了北大访学的第二次征程。因为没有杨鼎川兄的引领，我再没有去拜访汪曾祺先生。1997年的5月16日，汪曾祺离开了这个世界。

　　以后，因为我写的一本《鲁迅》，结识了老家高邮的李总，又因为谈起汪曾祺，我们成为朋友。以后，通过他又认识了高邮的诸多领导与乡亲。2010年，我受邀参加汪曾祺90周年诞辰活动，之后经常光顾高邮，甚至在大年的正月十五，我还去给高邮的党政干部讲汪曾祺的创作意义。在这个过程当中，加深了我对汪曾祺的理解。而苗思露在阅读了大量的材料与到高邮实地考察之后，很多地方理解的比我要深，所以，写起来很顺畅，虽然没有那么高屋建瓴，却能够一泻千里。她没有以仰望的姿态，追寻天宇中的一颗"文曲星"，而是以平和的心态，走进高邮湖畔的有趣的文学老头儿。

　　我妈在活到九十多的时候，说"一混"就九十多了。我这也"一混"就六十多了，想起，有关汪曾祺的一些交往，"一混"也是十来年的事了。汪曾祺曾给家乡做歌曰：我的家乡在高邮，风吹湖水浪悠悠。岸上栽的垂杨柳，树下卧的黑水牛。我步其韵为我的家乡作了一首歌：我的家乡在奈曼，风吹奇柳金沙岸。东胡大辽蒙王府，麦饭神石荞花艳。可惜我没有汪曾祺那样的文学地位，不然，也让谁写一篇博士论文：徐文海与奈曼文化。

2020年春于北京

前 言
Foreword

汪曾祺是一个具有独特风格的作家，被称为"中国最后一个士大夫"，是现代文学与当代文学不可或缺的联结点，他的高邮系列作品具有极大的文学魅力，适时唤起了久违的文学样式的丰富性、文学的审美性和文学的生命性。汪曾祺与众不同的审美思想和艺术魅力有着复杂的成因和过程，但主要和作家故乡的地缘文化相连。在以往对汪曾祺的研究中，涉及地缘文化时多注重汪曾祺和传统文化的传承与联系，注重"江南"这一整体的地域范围对汪曾祺创作的影响，而没有对汪曾祺的故乡高邮提起足够的重视。高邮有着南北交融式的地域文化，与汪曾祺独特精神气质的成因密不可分，目前关于高邮对汪曾祺文学创作影响的研究还相对薄弱，鉴于此，本书试图从故乡高邮的文化中寻觅和接近真实的汪曾祺，从地域背景的借鉴性、历史宗教的特异性、民风民俗的多样性、语言艺术的原创性、多元文化的融合性等多维视角，阐明汪曾祺的审美风格、精神气质、创作流变等是如何受到高邮文化的丰富滋养和深刻影响的。希望能够从一定程度上将汪曾祺研究推向更加细化和深化，进而探讨文学与文化深层次的双向互动关系。

本书共分导论、正文部分的四章和结语六个部分。

第一部分导论简要梳理选题依据和研究综述。

导论阐述为何要把汪曾祺置于故乡的"高邮文化"这个背景中去剖析和研究，交代了本书的基本思路和研究方法。

第二部分是正文，共分四章。

第一章对汪曾祺的文学作品中的高邮地域背景进行分析整理。选取汪曾祺的代表作进行文本细读，回归对应当时年代的高邮真实背景，探究汪曾祺作品中高邮元素的真实性，分析归纳汪曾祺作品中的高邮地域背景因素。结合高邮的实际地理环境、自然环境、历史发展与信仰特色，梳理汪曾祺文学作品中故乡高邮的景观还原、风俗刻画、人物原型和"儒道佛"思想。在对文本进行尽可能细致地梳理、收集相对丰富的材料后，把具体材料置于特定背景和意义中，进行细致地辨析，将作品中的高邮地域背景元素回归至原始情境再现，更加真实、具体地探寻地域因素对汪曾祺创作的影响。

第二章从高邮独特的民间文化入手，分析故乡的民间文化对汪曾祺文学创作的审美影响。结合高邮独特的文化背景，从汪曾祺作品文本入手，剖析其对汪曾祺审美范式的影响与塑造，具体为：高邮民间婚恋文化与汪曾祺作品中的女性意向；高邮的民歌文化与汪曾祺文学创作的语言特点；高邮"水文化"与汪曾祺作品里的"水意"，以及汪曾祺作品里的绘画美。从高邮民间文化的四个侧面入手，结合文本分析高邮民间文化是怎样影响汪曾祺的审美理念，从而使得汪曾祺用文学塑造高邮独具特色的水乡世界。通过从不同角度切入民间文化与文学间的联系，争取得到对于高邮文化和汪曾祺文学创作关系切合实际的理解，从各个维度探究汪曾祺创作中独特审美取向的成因。

第三章内容分析汪曾祺笔下的故乡和他乡。汪曾祺作品中秀雅明快的色彩与个性化面貌，源于他有意识或无意识地将故乡高邮作为家园的原型,塑造出不同的故事和相似的水乡。与此同时,汪曾祺又以一种游子的奇趣视角,记录和解读了一个高邮文人眼中的他乡特色。本章将汪曾祺在不同时期对于故乡和他乡的书写进行对比分析,考察故乡文化对于汪曾祺创作的深层次影响。阐明以故乡高邮文化为蓝本的审美范式,是怎样成为一种内化的标准,影响汪曾祺对他乡的描摹与评价,从而对汪曾祺的文学创作理念产生影响。

第四章谈多元文化融合下的汪曾祺作品风格流变,汪曾祺的作品风格在不同的时期存在着显著的变化,在描写高邮的系列作品里,不同时期看待故乡的视角也存在着较大的区别。故乡高邮是汪曾祺永远的精神家园,无论处在哪个时期,偏向哪种风格,故乡高邮都是他创作的源泉,但是在不同的时期,由于人生经历和多元文化融合的缘故,对于故乡高邮、民间文化、民间生活和生命的意义,汪曾祺都有着不同的理解,认同角度都在发生改变,作家的审美角度、人生态度、对世界的认识、所处的阶层和立场,任何一方面的转变都深刻影响创作的内涵与风格。本章通过梳理归纳汪曾祺在不同时期对西方现代文化、民间文化、中国传统文化、魔幻现实主义等多元文化思想的吸收、借鉴和批判,结合不同时期的高邮系列作品,探寻汪曾祺在不同的人生阶段对于自我的认识以及创作目标的追寻,分析其创作风格改变的内在原因。

第三部分为结语,是对以上各章的内容进行总结分析,梳理总结汪曾祺的文学创作和高邮文化的各层面关系,从理论视野立体多维地总结前文的研究结果,从故乡文化多维影响作者从而塑造文学风格的高度进行总结阐释,为建立起地域文化和文学风格相关研究提供理论支持。结语在总结前文的基础上,提出未竟的思考,从契合时代需求的角度,探讨"汪曾祺热"的成因,汪曾祺的文学风格恰好符合时代变迁、社会发展改革的大背景,以及人们对于文学的心理需求和审美转变。这种文学风格受到的肯定，从深层次来看，是否也可看作高邮独特的文化，在新时代重新焕发的生机。

高邮文化作为汪曾祺自幼生长、呼吸的环境空气，其所孕育成的深层心理、气质必然是十分强大的，在汪曾祺文学创作的各个方面都会无形而强劲地显示其存在，影响着他对各种文化资源的吐纳吸收。就此而言，高邮文化是推动汪曾祺之所以成为汪曾祺的精神力量所在，而揭示高邮文化积极而充满生命力的文化特质对汪曾祺成长的推动，是这一论题研究的重要方面。本书从作家和作品两方面入手，通过对汪曾祺所受故乡文化影响的多方位考察，研究作家的生活经历和气质特点，同时进行文本细读，分析其创作过程中的精神内核和审美倾向，从故乡高邮文化的角度来剖析汪曾祺的生平和文学创作，把对作家本人的研究与作品研究结合起来，在接受、评判、返归这一个动态再现中，体现高邮民间文化对汪曾祺流动的生命状态有着怎样深刻的影响，使分析更具说服力，从而在文化和文学之间建立立体多维的联系。

目 录
Contents

导　论 // 001

　　第一节　选题的依据和意义 // 003

　　第二节　研究综述 // 009

　　　　一、地域文化和文学关系的研究综述 // 009

　　　　二、汪曾祺的相关研究综述 // 015

　　第三节　研究目标、研究框架和研究方法 // 020

第一章　汪曾祺文学作品中的高邮地域背景 // 025

　　第一节　汪曾祺作品中的高邮景观描写 // 029

　　　　一、汪曾祺作品中的高邮景观原型 // 029

　　　　二、汪曾祺作品中的高邮水乡风情 // 033

　　第二节　汪曾祺作品中的高邮风俗刻画 // 036

　　　　一、汪曾祺作品中的高邮风俗还原 // 037

　　　　二、醉心于民俗风情的"风俗画"类型作品 // 041

第三节　汪曾祺作品中的高邮"人物志" // 043
　　一、汪曾祺作品中的高邮人物原型 // 043
　　二、描写父老乡亲的高邮"人物志"类型作品 // 046
第四节　汪曾祺作品中的"儒道佛"和高邮民间宗教信仰 // 049
　　一、汪曾祺作品中的"儒道佛" // 050
　　二、汪曾祺作品中儒道佛思想的特异性 // 056
　　三、高邮民间信仰对汪曾祺儒道佛思想的影响 // 059

第二章　高邮民间文化对汪曾祺创作审美取向的影响 // 063

第一节　汪曾祺作品中的女性意向与高邮婚恋文化 // 067
　　一、汪曾祺作品中的女性形象 // 067
　　二、高邮的婚恋文化与汪曾祺作品中的女性 // 070
　　三、汪曾祺的女性意象与阿尼玛原型 // 073
第二节　高邮民歌和汪曾祺的语言风格 // 075
　　一、高邮民歌的艺术特点 // 075
　　二、汪曾祺语言风格的民歌影响 // 077
　　三、语言即内容——汪曾祺文学语言的重要性 // 082
第三节　汪曾祺作品中的"水意"与高邮水文化 // 084
　　一、汪曾祺如"水"般的行文风格 // 084
　　二、高邮运河文化与汪曾祺通达、和谐的文学思想 // 088
　　三、"水"意象与集体无意识 // 090
第四节　汪曾祺作品中的绘画美 // 092
　　一、题材与体裁：以画入文，文画同源 // 092
　　二、风俗画小说：静态美、"散点透视法" // 094

三、写意画的"留白示水"对汪曾祺作品的影响 // 096

四、印象派绘画对汪曾祺作品的影响 // 097

第三章　汪曾祺作品中的故乡与他乡 // 103

第一节　永远的故乡高邮 // 105
一、童真视角下的纯净天堂 // 105

二、充满趣味的和谐民间 // 108

三、日常生活审美化 // 110

第二节　游子笔下的他乡 // 112
一、"第二故乡"昆明 // 112

二、"自觉边缘化"的张家口 // 115

三、"人间百态"北京城 // 118

第三节　故乡审美观照下的他乡 // 121
一、受故乡影响的审美范式 // 121

二、故乡审美范式下的他乡书写 // 124

第四章　多元文化融合下的汪曾祺创作风格流变 // 129

第一节　汪曾祺早期作品与西方现代主义文学思想 // 132
一、西南联大与西方现代主义文学思想 // 132

二、汪曾祺早期作品中的意识流风格 // 135

三、汪曾祺的创作和其他西方现代主义文学 // 139

第二节　二十世纪五十年代到七十年代的沉寂与积累 // 141
一、短篇小说的写实风格 // 141

二、民间文学对汪曾祺创作的影响 // 143

三、农场劳动经历对汪曾祺生命精神认同的影响 // 144

四、沉寂与积累 // 145

第三节 二十世纪八十年代的复出和二十世纪九十年代风格的转变 // 146

一、二十世纪八十年代的复出 // 146

二、二十世纪九十年代的"衰年变法" // 150

第四节 "我与我周旋久，宁做我" // 153

结　语 // 155

参考文献 // 162

后　记 // 169

导论

导 论

第一节

选题的依据和意义

在中国当代文学史上,汪曾祺可算是一个具有独特风格的作家,从他在西南联大二十岁许提笔写作,到年过六旬以《受戒》一文在文坛横空出世,前后跨越了四十年,并且一发不可收拾,在文坛引起了一股"汪曾祺热"。汪曾祺不仅创作时间跨度大,创作风格也颇多变数,青少年时期的《复仇》等作品,明显受到西方现代文学的风格影响;中期沉寂,囿于时代背景进行戏剧创作和写实小品;晚年以《受戒》《大淖记事》为代表,凭借好似提笔一挥而就,实则圆润通汇的散文体短篇小说成名。可以说,汪曾祺重出文坛后的作品,以独具江南士大夫笔触的风格特征,模糊小说、散文和诗的体裁界限;用充满脉脉温情的审美情趣,给当时还沉浸于追忆苦难的文坛带来一股清流。文学作为一种来源于生活的艺术,与人类的心灵有着密切的联系,本就应该超越政治语境,成为更深远的精神资源,汪曾祺的出现,适时唤起了久违的文学样式的丰富性、文学的审美性、文学的生命性。汪曾祺的作品多是短篇小说散文,可能有些缺乏宏大的气魄和深刻的剖析,但汪曾祺的创作风格无论在当时还是现在,都有着不容忽视的独特之处。他笔下的水乡,唤醒的是人们对于单纯审美愉悦的怀恋,而这种久违的轻松与温暖,来自汪曾祺与众不同的审美思想和艺术精神。

汪曾祺作品的文学价值，随着研究的深入获得了越来越多的关注，对于汪曾祺在文学史上地位的评价也不断高涨：有些评论家认为汪曾祺是"最后一个士大夫"；在现代文学与当代文学的"断而复续"中，是一个不可或缺的联结点；认为他创作的现代性对二十世纪八十年代以后的现代小说高峰的到来有着潜在的影响。对汪曾祺作品的思想内涵、审美价值、文体风格，许多研究者都从不同角度进行了剖析：江南文人情调、士大夫精神的传承、明清笔记体笔法、风俗画小说风格、独特隽永的意境、江南水乡的情调和对于现实苦难的温情消解等独具特色的文化品格等。二十世纪八十年代的汪曾祺研究主要集中在文本赏析方面，研究者着重对作品的传统文化意蕴、主旨以及艺术风格进行分析，并运用比较的方法进行文本探讨。进入二十世纪九十年代后，随着汪曾祺小说、散文的题材拓展，学者开始从文本研究扩展到对汪曾祺的性格与创作之间关系等方面的研究。研究者在挖掘小说中的传统文化底蕴的基础之上，对作家的文体风格进行概括，逐层探讨汪曾祺小说、散文的文化底蕴、艺术渊源、文体风格之间的内在联系。将汪曾祺放入京派文学作家群中进行研究，或是梳理他与寻根文学之间的传承影响。进入二十一世纪后，对于汪曾祺的研究多用西方理论重新阐释汪曾祺的作品意义，研究的维度并未得到进一步拓展。

本书所关注的是为什么汪曾祺能够形成这样的文学风格，是汪曾祺之所以成为汪曾祺的原因。汪曾祺文学风格的传承发展，之前已有不少研究者涉足：认为汪曾祺和恩师沈从文的师承关系影响他的作品风格；将汪曾祺作为京派文学作家群的一员进行群像分析；也有从江南士大夫的文人风格气质传承方面入手；或是明清笔记体小说对于汪曾祺文学创造的风格影响。其实，纵观汪曾祺的文学作品，最具有艺术魅力的《受戒》与《大淖记事》均描写的是水乡风情，在《受戒》的末尾，写明这是"四十三年前的一个梦"，四十三年前，汪曾祺恰在家乡高邮，这水乡风情，正是以故乡高邮为蓝本脱胎而出，而其余一些作品中较具特色的，也多少和家乡高邮的人、事、物有关。汪曾祺一生游历多地，经历跌宕的历史变迁，在高邮、昆明、上海、北京、张家口都生活过，所遇大小运动风波不断，人生几次起伏，可算是阅历丰富，但是在汪曾祺的作品中，始终贯穿的是挥不去的水乡风情，情感的依托也总在故乡高邮的回忆中萦绕。汪曾祺的文学思想模式，来源于故乡高邮独特的生活模式和文化背景，云南瑰丽的山川大河，诡秘的少数民族文化习俗，上海洋派新潮的生活氛围，张家口艰苦寒冷的生存环境都没有在汪曾祺的创作风格中留下过多的痕迹，并不是说汪曾祺没有描写这些地方，恰恰是他在描写的时候，始终是带着一个高邮才子的视角进行书写，才更显得故乡高邮对汪曾祺的深刻影响。因此，本书试图从汪曾祺的故乡高邮入手，分析地域文化对于汪曾祺文学风格的影响。

在以往对汪曾祺的研究中，涉及地缘文化时多注重汪曾祺与"公安三袁""江南士风""儒道佛"等文化传统的传承与联系。地缘与文学确实有着重要的联系，同一地域的人们身上大多有着鲜明的地域文化传统印记，并由此构成文学之地缘，地缘——即是一种文化之链。以往的研究中，分析汪曾祺所受地缘文化影响时，注重的是"江南"这一整体的地域范围，但是汪曾祺的特殊性在于，他是故乡高邮的才子，高邮的文化具有一定的特殊性，将他定义为一个"高邮人"可能会比"江南人"更为准确。汪曾祺一生，受重视的作品多出于晚年，较多描写水乡高邮，这种日暮之际对于家乡的怀恋，构成了他作品的精神内核。在几乎每一位中国现代作家的内心，"恋乡情结"都或多或少地潜藏着，任凭岁月的流逝和空间的迁徙也难以消磨。"最后的士大夫"之称以及作品中对于水乡的反复描摹与眷恋，是始萌于汪曾祺成长过程中所感受到的，故乡特殊的地理历史文化传统。本文将故乡高邮的文化置于汪曾祺与地缘文化联系的核心位置，肯定了故乡之地缘文化是构成汪曾祺背景文化的重要因素，并将江南文化这个较大的文化范畴缩小到汪曾祺的故乡高邮的文化本身。从高邮文化本身来说，它从属于传统意义上的江南文化，但是除了江南文化的特点，高邮文化又有着自己旁逸斜出的特质，应被研究和关注。高邮处于苏北里下河水乡平原，十里扬州的辐射圈，有着独特的文化氛围，和传统意义上的江南文化多有不同。高邮坐落于运河岸边，历史悠久。新石器时代便有人烟，秦王嬴政时筑高台置邮亭，故名高邮，别称秦邮，自先民在此生息，至今五千余度春秋，是江淮文明、邮文化的重要区域，至今仍保存着丰富的历史文化遗产。高邮地处水路枢纽，京杭大运河从此经过，又属南北交汇之地，曾经借由水利通畅而繁华一时，《大淖记事》中的"大淖"便是高邮当地的一处河滩，运河从此经过，轮船公司在此处设驿站，挑夫往来装载，络绎不绝，更有那"风摆柳似的嚓嚓地走过"的挑担女子们。高邮是一座水乡小城，大小湖泊河流随处可见，这种小城的水乡文化在《受戒》等文中酝酿出一波又一波的水韵风情。高邮的历史上出过不少名人，例如秦观、张士诚、吴三桂等。宋代词人秦观的《鹊桥仙》中，描述鹊桥相会"纤云弄巧，飞星传恨，银汉迢迢暗度。金风玉露一相逢，便胜却人间无数"，"纤云弄巧"与《大淖记事》中的"巧云"名字相合。但是目前将高邮文化和汪曾祺文学创作关联起来的研究还相对较少。

本书以深受故乡高邮影响的作家汪曾祺做为研究对象，试图建立一种与前述"线性"的作家背景文化研究不同的"面"的研究，即对地缘之于作家的意义进行深入多维地探讨。地域文化与作家之缘，从根本上说，是作为一种文化的共时性内涵进入作家的文化背景之中的。在这样的认知下，站在故乡高邮文化的角度来剖析汪曾祺的文学创作，可以使研究更为深入。汪曾祺的文学风格，是怎样受故乡高邮文化影响的。他早期的作品中，明显的西方文学风格是经历了怎样的沉淀发酵，才转变为后期的水韵古风。汪曾祺是否只是一名纯粹的传统文化继承者，所谓的"中国最后一名士大夫"，他是怎样带着现代的自由意志来重塑记忆中的古韵水乡，或者说在链接现当代文学的意义上，汪曾祺作为一个必不可少的联结点，高邮这座水乡小城是怎样烙印在他的审美格调中的。汪曾祺所持有的，是传统士大夫的一贯的精神追求，还是一种在高邮小城水乡文化影响下，将现代的自由意志与古典文化审美情趣相结合的文学风格。

选取高邮文化作为地域文化对汪曾祺文学创作影响的切入点，是将高邮文化从"江南士风"文化范畴中独立出来，将作家的故乡文化对于文学创作的影响进行专门研究，分析高邮文化对于汪曾祺文学创作之路的渗透与影响，从另外一方面来说，汪曾祺作为衔接现当代文学的联结点，其独特的审美情趣和风格特质，正体现了故乡的地域文化带来的某种别致的意趣，也体现了高邮文化契合现代与当代社会的发展进程。汪曾祺善于描绘"小的景色"和"小的人物"，有研究者认为："从汪曾祺之后，当代江苏作家群，从苏童、叶兆言、顾前到朱文、韩东、吴晨骏、刘立杆以及移居外地的张生、海力洪、魏微等，虽个性迥异，但有一点似乎都可以看出汪曾祺的影响：这些青年作家都善于发现人的小卑微、小聪明、小志气、小情趣、小龌龊；直率地写出，满有宽容和怜悯。中国文坛向来喜欢虚张声势、攒派头、装门面的货色，其实跟汪曾祺所开创的江苏作家群这个自甘卑微的传统相比，真是不值一提。应该对这一群江苏作家脱帽致敬。像他们这样不断地掘下去，多少还能掘出中国生活与中国心灵的某些真实来。"[①] 如果说，汪曾祺的文学创作，影响了在他之后的江苏作家群，

---

① 郜元宝.汪曾祺论[J]，文艺争鸣，2009，08期。

那么，从某个角度上来看，高邮文化也是通过汪曾祺的文学创作，对现当代文学具有一定的影响，高邮文化从某种意义上来说，是和现当代文学有所契合的。

汪曾祺不仅具有打通中国现当代文学的意义，他的文学创作理念也将中国传统文学和审美意趣以现代理念进行融合发展。从高邮文化的角度对汪曾祺文学作品进行阐释，一方面为汪曾祺和当代文学作品提出了较新的研究维度；另一方面，汪曾祺的文学创作也为高邮文化和现当代社会的演变提供了有价值的理论依据，这是一次试图在故乡文化和汪曾祺独特的文学风格之间、文化和文学之间搭建联系和桥梁的努力；是从一个较新的角度分析汪曾祺文学创作的努力；是再次细化地缘文化与汪曾祺作品风格关系的研究；也是尝试从文化的范畴去寻找汪曾祺文风之所以如此、文学之所以如此的依据。从"故乡文化"的角度对汪曾祺进行考察，是以"聚焦"的方式进一步走近汪曾祺，寻求真实，从高而缥缈的"江南士大夫"精神面纱笼罩下的汪曾祺转向以回到故乡本真生存体验的角度来研究汪曾祺，将汪曾祺的形象摆脱"士大夫"的桎梏而拉回到故土，进行个性研究的进一步深化，同时也是试图从文学的形态中去找到文化之所以如此的原因。这种双向互动的研究模式，希望能够避免单纯文化研究的空泛和过于理论化，进而开拓出文学研究的又一种新的维度。

因此，本书是在悠久绵长的高邮文化和时代背景中，求索和接近真实的汪曾祺，从历史文化的沿革、社会思想的曲折发展、地方民俗的特异性、文人情趣的审美原创性等多方位视角，阐明汪曾祺的审美意趣、心理成因、精神气质、创作原型、风格流变等是如何受高邮文化的深刻影响和滋养培育的，在汪曾祺的研究领域里具有一定的理论和实践价值，从一定程度上将对汪曾祺文学创作的研究进一步了深入和细化。

第二节

研究综述

一、地域文化和文学关系的研究综述

有关地域文化和文学的关系，作为一种经典研究模式，一直以来都是学界关注的对象。在中国，从古至今，地域文化和文学的紧密联系就在多部文学著作中得以体现。早在先秦时期的《诗经·国风》中就以十五个诸侯国为区域，收集民间诗歌，生动地表现了不同地域文化背景下，真实的风土人情和民生百态，可算是以地域为划分的文学作品领路者。开浪漫主义先河的诗歌集《楚辞》，地域文化色彩更是浓烈，正是这种独具特色的楚地文化孕育了《楚辞》，使其成为中国古代浪漫主义文学的巅峰。之后的南朝文学理论著作《文心雕龙·宗经》就将以北地文化为主的《诗经》评论为质朴的"训深稽古"之作，行文风格偏重写实"事信而不诞"，简约而意蕴深刻"辞约而旨丰"；在《文心雕龙·辩骚》中，刘勰将代表南方文化的《楚辞》评论为"环诡而惠巧，耀艳而深华"认为《楚辞》行文精巧优美，辞藻讲究妖娆华丽；《隋书·文学传序》将南方和北方的文学特征差异性表述为"江左宫商发越，贵于清绮河朔词义贞刚，重乎气质。气质则理胜其词，清绮则文过其意。理胜者便于时用，文华者宜于咏歌。此南北词人得失之大较也"。《颜氏家训·言辞篇》将南北方文学语言的地域性差异概括为"南方水土和柔，其音清举而切诣，失在浮浅，其词多鄙俗。北方山川深厚，其音沉浊而讹钝，得其质直，其词多古语"，提出了文学语言的地域性问题；对于南方和北方的学术区别，

《世说新语·文学》《隋书·儒林传序》均进行了阐述"北人学问渊纵广博，南人学问清通简要"，"南人简约，得其英华北人深芜，穷其枝叶"。时至近代，刘师培在《南北文学不同论》对南北方的地域差异造成的文学风貌的不同作了更为详细地辨析"大抵北方之地，土厚水深，民生其间，多尚实际南方之地，水势浩洋，民生其际，多尚虚无。民崇实际，故所著之文，不外记事、析理二端民尚虚无，故所著之文，或为言志、抒情主体。"① 不仅是《诗经》《离骚》，拿散文来说，《战国策》《国语》虽然书名统一，但是各国的"语""策"在地方文化上仍呈现较大的差异；从诸子散文的风格辨析，孔、孟由齐鲁文化孕育而生，老、庄则脱胎于楚风浸润，地域文化的特征不言自明。楚、巴蜀、吴地的地方作家构成了两汉的主要辞赋作家。例如严助是会稽人，刘安为淮南王，枚乘为淮阴人，王褒、司马相如和扬雄为蜀人；北方地区的作家，如洛阳的贾谊、今属河南的颍川人晁错、今属陕西韩城（阳夏龙门）的司马迁、陕西咸阳（扶风安陵）人班回，河南南阳人（南阳西鄂）人张衡，多为散文作家。地域性作为文学的一种特征，被进一步强化是在分裂局势加剧的魏晋南北朝时期，那时的文学地域性意识逐渐觉醒，如颜之推、魏征对文化的地域性均有相关的论述。在唐宋以后，文学的地域性特征随着不断深化和加强的地域意识觉醒而更加彰显。比如很多文学流派自宋朝开始以地域来命名，许多诗词文章的选集总集等，都以地方名来命名，这些都是地域文化与文学关系益发紧密的表现。

在界定地域文化与文学的关系时，对于地域的具体概念应该进行界定。地域不只是应该具有明确的边界概念的空间划分，除了自然的、地理空间的界定，地域同样具有政治、经济、军事、文化等多范

---

① 郭绍虞、罗根泽.中国历代文论选（下）.北京：人民文学出版社，1959年版，第573页。

畴的意义界定。因此，将文学与地域文化相联系进行研究的时候，地域就应该具有相对明确的，并且是较为稳定的文化模式。由此延伸，明确和稳定的文化模式这一表述，又涉及地域文化的延续性，也就是时间纵轴，即历史沿革。因为稳定和明确是需要放在历史传统的背景中进行考量的，是需要在时间的流逝中进行验真的，因此"地域"也是一个历史的概念，一个地域的形成可能经历了从自然、种族地域到政治、文化地域再到军事、经济地域等阶段。古时候，以自然、种族地域划分为主流，后渐以政治、军事地域划分成为主流，再之后的现代社会，经济、文化的因素成为重要的划分标准。但是，这些地域划分标准并不是一成不变的，往往是随着文明社会的历史发展，逐步变化的。在研究时，地域文化的流变、多样性应该被加以注意。此外，"地域"概念应是多维度的立体架构，地理、自然、经济等因素属于构成"地域"表面特征的部分，是较为表层的，易为量化比较的因素，而较深层次的特征，如民俗特性、性格特征、礼仪规范等，构成了"地域"的中间层级，而地域性心理、价值观念、文化范式等处于内核。各层级都从不同的方面对地域文化和文学产生影响，处于核心的地域性心理、价值观、文化范式等方面又是受自然地理、民族礼仪等构成地域特征的外层和中层影响而形成的。各个层级之间并非泾渭分明，而是互为表里，互相影响制约，作为一个地域文化的有机整体，共同作用于文学的。在研究地域文化和文学时，比较或者说对照的眼光也是应该具备的，例如描写北方文化的文学作品，是以作为北方人本身对故乡进行回忆描摹，还是以作为游子的南方人的视角去感受，眼光有别，标准大不同。内心参照物的选取标准决定了作品的精神内核，这种参照是不可显见的，但却是最强有力的内化标准。

十九世纪的法国文艺理论家丹纳，在《艺术哲学》一书中，从史实入手，大量列举古希腊、欧洲中世纪和文艺复兴等时期的史料，将种族、时代与环境三大要素并列，作为影响文学艺术的重要因素①。并且将环境作为影响文艺发展的重要外部压力因素。与他同时期的法国女作家斯达尔夫人也同样认为风俗习惯和气候地理等自然条件决定了文学艺术的发展方向②。近代中国，学者金克木于二十世纪八十年代，发表《文艺的地域学研究设想》，提出从地域学角度研究文学，认为应该将文艺研究习惯，从点和线的维度，扩展到以面为主，多维度的立体研究，首推地域学研究。主张从文学流派和文学家的分布、轨迹、定点、播散等多个方面结合地域进行研究③。此文率先提出文艺地域学研究的基本模式和走向。1990年出版的《中国文学概论》一书中，作者袁行霈将中国文学的地域性与文学家的地理分布，作为单独的一章，从中国文学的地域性和中国文学家的地理分布，明确提出文学的地域性，用学术的眼光进行研究。从地域文化特征和表现的角度，分析《诗经》、《楚辞》、唐诗、宋词和元曲以及明清的诗文杂记。将中国文学的发展规律概括为地域性融入人文学的民族特色④。自此开始，关于地域文化和文学关系的探讨开始增多，如古代文学领域曾大兴所著《中国历代文学家之地理分布》，将各朝代的文学家从地理分布的角度进行了统计和研究，较为注重地域文化的地理、自然界定与文学之间的联系。在现当代文学领域，1989年出版的《中国现代小说流派史》一书，作者严家炎总结了现代文学史上的小说家"群落"，对"乡土文学"和"京派小说"等流派中的地域文化对于现当代文学的影响有了初步的自觉意识。1995年出版的《二十世纪中国文学与区域文化丛书》，由严家炎主编，是首次将地域文化和现当代文学结

---

① [法] 丹纳：《艺术哲学》，安徽：安徽文艺出版社，1991年版，第215—230页。
② [法] 斯达尔夫人：《论文学》，北京：人民文学出版社，1986年版，第143—156页。
③ 金克木：《文艺的地域学研究设想》《读书》，1985年第4期。
④ 袁行霈：《中国文学概论》，北京：高等教育出版社，1990年版，第41页。

合起来的突破性成果。其中包括吴福辉的《都市漩流中的海派小说》、费振钟的《江南士风与江苏文学》、彭晓丰和舒建华的《"S会馆"与五四新文学的起源》、逄增玉的《黑土地文化与东北作家群》、刘洪涛的《湖南乡土文学与湘楚文化》、朱晓进的《"山药蛋"派与三晋文化》、李怡的《现代四川文学的巴蜀文化阐释》、马丽华的《雪域文化与西藏文学》、李继凯的《秦地小说与"三秦文化"》、魏建和贾振勇的《齐鲁文化与山东新文学》等。严家炎在丛书的总序中指出：之前的研究者，对于地域的理解，注意力过多地集中在自然条件上，对人文环境的各种因素相对忽视，容易造成机械和肤浅，难以将地域对文学影响的许多复杂深刻的方面进行说明。地域对于文学的影响是综合性的，绝不仅止于地形、气候等自然条件，更包括历史形成的人文环境的种种因素。地域对文学的影响，实际上是通过区域文化这个中间环节而起作用的[1]。严家炎同时指出：二十世纪中国新文学是在西方近代文学的启迪下兴起的。但是就具体作家而言，往往同时也接受着包括区域文化在内的中国传统文化的影响，有时是潜移默化的濡染，有时则是相当自觉的追求[2]。王富仁在丛书的座谈中也发言认为：应当通过地域文化，分析在中华民族发展中，如何把自我提升，如何把地域文化提升，整个二十世纪中国文学则是这些提升了的自我的汇流。提升的过程不是美化地域文化，而是看到地域文化的局限性，寻找从局限性中伸展出来的可能性[3]。这套丛书代表着地域文化与文学的理论研究和方法论都达到了新的高度，但是丛书中的著作并没有达到一个统一的高度，有些著作有着文化文学两张皮的问题。应注意的是文化

---

[1] 严家炎：《二十世纪中国文学与区域文化丛书·总序》，《江南士风与江苏文学》，湖南：湖南教育出版社，1995年版，第2页。

[2] 严家炎：《二十世纪中国文学与区域文化丛书·总序》，《江南士风与江苏文学》，湖南：湖南教育出版社，1995年版，第3页。

[3] 唐利群，《"二十世纪中国文学与区域文化丛书"座谈纪要》，《博览群书》，1996年04期。

考证很容易变成罗列文献，与文学之间的互相阐释需要重点关注，在结构性的研究方法上，也应注意文献与文学的辩证关系，在研究中，应重视文本解读得到的阐释结果，从文本中得出与文化关系的论断。在此之后，地域文学继续作为研究界的热点被持续关注，2002年至2009年，据不完全统计，全国共举办了七个关于地域（区域）文化和文学研究的学术会议："全国第一届区域文化与文学学术研讨会"（重庆，2002）、"全球化语境：区域文化与文学湘军——2006湖南中青年文艺评论家学术研讨会"（永州，2006）、"回首百年、继往开来、共同开拓区域文学与民族文学研究的新格局——巴蜀作家与二十世纪中国文学学术研讨会"（万州，2007）、"地域文化与文学学术研讨会"（济南，2007）、全国第二届"区域文化与文学学术研讨会"（重庆，2009）、"中国文学与地域文化研讨会"（合肥，2010），地域文化与文学关系研究的浪潮，代表的是各区域，各民族对自我身份的再次确认，以及对地域本土文化的张扬、坚守。这期间对于地域的概念确认，和地域文化和文学关系的核心问题再一次得到了深入的探讨，地域不仅是限定于行政划分，也不只是干涸固态的概念，而是随时代、历史背景不断流动的鲜活的空间蔓延，而地域文化与文学关系的核心问题也成为形象的、感性的作家个人情感"意向"的集合体。同时，也有不少研究是从地域文化的角度分析作家作品气质和文学关系的，例如山东师范大学张瑞英的博士论文《地域文化与现代乡土小说生命主题研究》（2007年）、东北师范大学褚连波的博士论文《湘西文化与沈从文的小说创作》（2010年）、华中师范大学田敏的博士论文《鲁迅与浙东民间文化》（2011年），这些论文均选取特定角度，以地域文化为切入点分析作家作品或流派的文学气质成因，力图还原文学的乡土本源，具有一定的理论参考价值。对地域文化的关注，实际上是对作家个性化文艺气质的重新认识，是在对文学创造的根本成因进行探讨，是在长久以来审美高度同质化的时代之后，将文学的个性化重新强调并反思，旨在揭示作家作品独特魅力背后的创造性潜在因素，展示文学之所以异彩纷呈、灿烂多姿的真正动因，也是在全球化大背景下，追寻中国特色文学的传统美学的独特成因，是坚守独特的地域文化，更是为新时代下重构独具特色的中国文化搭建理论支持。但是，所有研究地域文化和文学关系的理论研究，面临的困境都是地域文化是如何作为真实而细致的因素，影响作家作品的风格模式、天然气质的，如何能真正具有说服力也将地域文化与文学的关系呈现出来，甚至更进一步地寻找从地域文化的局限性中伸展出来，获得更加完美的文学发展的途径，这个问题将是所有此类研究无法绕开的理论困境与难题。

二、汪曾祺的相关研究综述

二十世纪八十年代汪曾祺的《受戒》一文发表以来，对于汪曾祺的相关研究一直保持着热度，时至今日，对其的研究依旧有着十分重要的文化意义。如果对这几十年来汪曾祺作品研究作一个回顾，过程基本可以分作三个阶段，二十世纪八十年代中期之前可以看作是对汪曾祺研究的初期阶段，学界对汪曾祺作品的文学价值提起重视，进行初步探讨；二十世纪八十年代中期到二十世纪九十年代末是对汪曾祺研究的快速发展时期，研究进一步深化扩大，涌现出众多颇具新意的研究论调；二十世纪九十年代末至今，是对汪曾祺研究的进一步拓展纵深期，此时期的主要研究成果，大多沿着之前的研究维度，对汪曾祺文学创作的美学和历史意义进行纵向的深入研究。

1980年，汪曾祺发表了短篇小说《受戒》，引起文坛的广泛关注。同年，唐挚的《赞〈受戒〉》和张同吾的《写吧，为了心灵》首先发声，对《受戒》一文的文学价值和艺术魅力进行赞誉[①]。1981年，汪曾祺的《大淖记事》发表后获得全国优秀短篇小说奖，更多的评论文章接踵而至。如程德培的《别有一番滋味在心头》、张炯的《一九八一年的中国文学》、凌宇的《是诗、是画？》、刘锡诚的《试论汪曾祺小说的美学追求》、季红真的《汪曾祺小说中的哲学意识和审美态度》、黄子平的《论中国当代短篇小说的艺术发展》、行人的《他耕耘在真善美的土地上》等，这一时期着重于对汪曾祺作品的单篇赏析，在肯定汪曾祺作品中独特的艺术魅力和审美态度的同时，开始从哲学意识和中国古典文学风格承继方面入手，对汪曾祺作品别具一格的行文风格进行分析，初步提出"散文化"小说体的概念，也试图从"老庄"等中国传统思想入手，找到汪曾祺清浅散淡文风的精神脉络。但是，此时的汪曾祺研究，都集中在对单篇文章的独立赏析评论上，没有进一步将汪曾祺文学创作作为一个整体来把握，同时受到当时主流文艺理论思想的影响，在肯定汪曾祺作品美学价值的同时普遍认为作品中的内涵不够深刻，对社会矛盾的刻画不够鲜明，没有真实表现时代风云变化，揭示社会问题不够大胆等。此时的汪曾祺研究，虽然已经认识到汪曾祺作品的价值，但是在整体研究评论上囿于新时期文学的现实主义评价理念，无法跳出旧框架的桎梏，无法以开放的文学观念来深入认识研究汪曾祺作品的文学意义。

二十世纪八十年代中期到二十世纪九十年代末，可看作是汪曾祺研究的快速发展阶段，研究面扩大，众多研究者力图运用全新的价值观和历史观念，从宏观的文化角度并结合微观作品分析，通过归纳创作的内部规律，对汪曾祺创作所具有的文化意蕴及艺术品格作更深入细致地综合考察。此时期的汪曾祺小说研究，对其艺术风貌的探讨

---

① 邰宇：《汪曾祺研究概况》，《社科信息（南京）》，1992年08期。

仍为研究者关注的重点。其成果主要集中在文体特色与审美风格、艺术渊源及哲学思想以及对中国当代文学影响分析等几个方面。"文体特色"和"语言魅力"是汪曾祺小说研究中的热点，小说的非情节化、独特的氛围、冲淡的叙述策略，都是研究者们关注的焦点。陈平原、钱理群、黄子平等几位学者在《论"二十世纪中国文学"》中对汪曾祺的小说给予了较高的评价，认为汪曾祺的文学创作"自觉地打通诗、散文、政论、哲理与小说界限的一种现代意识"[1]，使得抒情小说得以长足发展。也有其他学者，如曹文轩，认为汪曾祺的小说具有明显的散文化、诗化的特征，表现为情节的淡化与情感的淡化[2]。何立伟对汪曾祺散文化的语言评价很高，认为是"语言文字到了化境，没有斧凿痕迹，看不出匠意"[3]，作家王蒙也对汪曾祺的文字有着积极的评价，认为汪曾祺的文学语言是一种"有火候的、带有闲适和恬淡意味，又是半文半白的语言"[4]李国涛在《汪曾祺小说文体描述》中将汪曾祺随笔写法与国外作品的随笔写法相联系。除了对于汪曾祺作品的文体学和语言美学研究，还有不少研究者致力于对其地域和传统文化渊源的研讨。费振钟在《江南士风与江苏文学》一书中，将汪曾祺小说的"散文化"归因于东方（中国）古典散文理论移植的成功尝试，季红真也在《论新时期小说的基本主题》一文中认为汪曾祺文学创作的"精神母体是中国的传统文化"[5]，钱理群和吴晓东则在《文学的归来——〈二十世纪中国文学史略〉之五》一文中，认为汪曾祺的创作是结合传统文化和现代创作有意识之为。这个时期，有些研究者开始

---

[1] 黄子平，陈平原，钱理群：《论"二十世纪中国文学"》，《文学评论》，1985年05期。
[2] 曹文轩：《淡化趋势—试析一种新的文学现象》，《百家》，1986年01期。
[3] 储福金，何立伟：《关于文学语言的对话》，《钟山》第1987年05期。
[4] 王蒙：《新时期文学面面观》，《芙蓉》，1993年03期。
[5] 季红真：《文明与愚昧的冲突（下）—论新时期小说的基本主题》，《中国社会科学》，1985年04期。

对汪曾祺的文学风格进行比较研究,对于他的作品在文学史上的地位进行定位。黄子平在《汪曾祺的意义》中,将汪曾祺定位为二十世纪八十年代文学与二十世纪四十年代文学的"中介"①,李陀认为汪曾祺的美学特征无疑影响了在他之后,包括莫言、贾平凹、阿城在内的众多寻根文学作家②。也有研究者认为汪曾祺承继沈从文的创作风格,属于乡土文学作家,有着浓重的"风俗画小说"风格。严家炎、杨义和丁帆,则将汪曾祺放入京派文学作家中进行研究,认为他的作品中有着开新时期田园小说先河的浪漫主义情怀③④。这些研究者有的侧重研究对中国现代小说传统的借鉴。也有些研究者对汪曾祺所受外国文学的影响做了探索。此时期对汪曾祺的研究大量涌现,研究从各方面进行展开,逐渐走向成熟,为之后研究的深化拓展提供了坚实的基础。

二十世纪九十年代末至今,对汪曾祺的研究在上一阶段的基础上,进一步深化,取得了一定的进展,但总体上来说,并无重大突破。在新的历史文化背景下,研究者或从人格层面或从文本层面切入研究,试图从作家的内心世界找寻其创作风貌的成因与根源,或是通过对文本的多角度审视切入汪曾祺与社会历史的关系,或者直接对文本进行多侧面具体的分析。例如孙郁所著《革命时代的士大夫》一书,将汪曾祺比作江南士大夫的传承人,分析他独特文学风格的多维成因,将汪曾祺看作是回归传统与接受域外文明的纽带。刘明在《汪曾祺与五四新文化传统》中提出:汪曾祺的作用是链接起源于周作人、废名、沈从文等人的"文学启蒙"传统,在多年衰微之后,进行

---

① 黄子平:《汪曾祺的意义》,《作品与争鸣》,1989年05期。
② 李陀:《意象的激流》,《文艺研究》,1986年03期。
③ 严家炎:《论京派小说的风貌和特征》,《湖北大学学报(哲学社会科学版)》,1989年04期。
④ 丁帆:《五四以来"乡土小说"的阈定与蜕变》,《学术研究》,1992年05期。

接力式承继①。

除了上述研究外，还有一些研究者从其他角度、其他层面进行探求。例如：卢军的博士论文《影响与重构——汪曾祺小说创作论》研究西方文学、传统文学及新时期文学对汪曾祺小说创作的多元重塑；霍九仓的博士论文《汪曾祺小说文艺民俗审美研究》结合文艺学、美学、民俗学研究汪曾祺小说的审美特性；李海琛的硕士论文《地域文化视野下的汪曾祺研究》从高邮、云南、北京三个地域对汪曾祺的作品进行分类研究，分析生活体验对汪曾祺的影响，等等。也有一些研究从艺术感觉角度切入，认为汪曾祺往往通过感觉写人、景、事，并指出其儿童视角的成因，在于现代作家受到沉积于人们心中关于乡村生活的集体无意识的影响，从未真正从心灵上征服都市。另外，还有一些关于汪曾祺的传记和回忆集，例如：汪凌的《汪曾祺：废墟上一抹传统的残阳》、陆建华的《汪曾祺传》、黄亮的《云烟渺渺：汪曾祺与云南》、柯玲的《汪曾祺散论》、苏北的《忆读汪曾祺》等，这些作品主要着力于汪曾祺先生的生平背景，严格来说，算不上纯正的学术著作。

综上，对汪曾祺文学创作的研究在广大研究者辛勤的努力下日益深化，其丰硕的研究成果令人惊叹。

但是，目前以故乡文化为视角分析论述汪曾祺的文学创作还存在着一些问题：其一，多数以地域文化为视角的研究着眼于"江南士风"或"京味儿"文学，没有对于高邮提起足够的重视，汪曾祺生活了十九年的故乡高邮有着独特的南北交融式的文化，仅以"江南士风"概之，具有一定的局限性；其二，目前的相关研究还仅止于篇幅较短的期刊文章，不能完整地、系统地论述高邮文化影响汪曾祺文学

---

① 刘明：《汪曾祺与五四新文化传统》，《华侨大学学报（哲学社会科学版）》，2002年02期。

创作的全貌，尤其是理论视野上不能上升到从线性研究到立体多维研究，从故乡文化影响作者心态进而塑造文学风格的高度进行阐释，未能为建立起相应的作家文学风格分析方法提供足够的理论支持。

第三节

研究目标、研究框架和研究方法

本书试图从汪曾祺故乡文化，即"高邮文化"的角度对汪曾祺进行考察。试图以"贴"的方式走近汪曾祺，接近真实的汪曾祺。从以精神层面关注汪曾祺，转向从生存体验的角度来研究汪曾祺，这种研究以新理性来代替原来的理性，将汪曾祺研究从集体性到个体性进一步深化。因此，本书试图从高邮的文化中寻觅和接近真实的汪曾祺，从地域背景的借鉴性、历史宗教的特异性、民风民俗的多样性、语言艺术的原创性、多元文化的融合性等多维视角，阐明汪曾祺的审美风格、精神气质、创作流变等是如何受到高邮文化的丰富滋养和深刻影响的。本文以地域文化作为透视点整体梳理汪曾祺和高邮文化的紧密联系，希望能够从一定程度上将汪曾祺研究推向更加细化和深化，进而探讨文学与文化深层次的双向互动关系。

本书共分导论、正文部分的四章和结语六个部分。

第一部分导论简要梳理选题依据和研究综述。

导论解释为何要把汪曾祺置于故乡的"高邮文化"这个背景中去剖析和研究，交代了本书的其他相关情况、基本思路和研究方法。

第二部分是正文部分，正文部分共分四章。

第一章对汪曾祺的文学作品中的高邮地域背景进行分析整理。选取汪曾祺的代表作进行文本细读，回归对应当时年代的高邮真实背景，探究汪曾祺作品中高邮元素的真实性，分析归纳汪曾祺作品中的高邮地域背景因素。结合高邮的实际地理环境、自然环境、历史发展与信仰特色，梳理汪曾祺文学作品中故乡高邮的景观还原、风俗刻画、人物原型和"儒道佛"思想。在对文本进行尽可能细致的梳理，收集相对丰富的材料后，把具体材料置于特定背景和意义中，进行细致地辨析，将作品中的高邮地域背景元素回归至原始情境再现，更加真实、具体地探寻汪曾祺创作的地域因素影响。

第二章从高邮独特的民间文化入手，分析故乡的民间文化对汪曾祺文学创作的审美影响。结合高邮独特的文化背景，从汪曾祺作品文本入手，剖析其对汪曾祺审美范式的影响与塑造。高邮民间婚恋文化与汪曾祺作品中的女性意向；高邮的民歌文化与汪曾祺文学创作的语言特点；高邮"水文化"与汪曾祺作品里的"水意"，以及汪曾祺作品里的绘画美。从高邮民间文化的四个侧面入手，结合文本分析高邮民间文化是怎样影响汪曾祺的审美理念，从而使得汪曾祺将高邮独具特色的水乡世界进行了文学的塑造。通过从不同角度切入民间文化与文学间的联系，争取得到对于高邮文化和汪曾祺文学创作关系切合实际的理解，从各个维度探究汪曾祺创作中独特审美取向的成因。

第三章内容分析汪曾祺笔下的故乡和他乡。汪曾祺作品中秀雅明快的色彩与个性化面貌，源于他有意识或无意识地将故乡高邮作为家园的原型，塑造出不同的故事和相似的水乡。与此同时，汪曾祺又以一种游子的奇趣视角，记录和解读了一个高邮文人眼中的他乡特色。本章将汪曾祺在不同时期对于故乡和他乡的书写进行对比分析，考察故乡文化对于汪曾祺创作的深层次影响。阐明以故乡高邮文化为蓝本的审美范式，是怎样成为一种内化的标准，影响汪曾祺对他乡的描摹与评价，从而对汪曾祺的文学创作理念产生影响。

第四章谈多元文化融合下的汪曾祺作品风格流变，汪曾祺的作品风格在不同的时期存在着显著的变化，在描写高邮的系列作品里，不同时期看待故乡的视角也存在着较大的区别，故乡高邮是汪曾祺永远的精神家园，无论处在哪个时期，偏向哪种风格，故乡高邮都是他创作的源泉，但是在不同的时期，由于人生经历和多元文化融合的缘故，对于故乡高邮、民间文化、民间生活和生命的意义，汪曾祺都有着不同的理解，认同角度都在发生改变，作家的审美角度、人生态度、对世界的认识、所处的阶层和立场，任何一方面的转变都深刻影响创作的内涵与风格。本章通过梳理归纳汪曾祺在不同时期对西方现代文化、民间文化、中国传统文化、魔幻现实主义等多元文化思想的吸收、借鉴和批判，结合不同时期的高邮系列作品，探寻汪曾祺在不同的人生阶段对于自我的认识以及创作目标的追寻，分析其创作风格改变的内在原因。

第三部分为结语，是对以上各章的内容进行总结分析，梳理总结汪曾祺的文学创作和高邮文化的各层面关系，从理论视野立体多维地总结前文的研究结果，从故乡文化多维影响作者从而塑造文学风格的高度进行总结阐释，为建立起地域文化和文学风格相关研究提供理论支持。结语在总结前文的基础上，提出未竟的思考，从契合时代需求的角度，探讨"汪曾祺热"的成因，汪曾祺的文学风格恰好符合时代变迁、社会发展改革的大背景，以及人们对于文学的心理需求和审美转变。这种文学风格受到的肯定，从深层次来看，是否也可看作高邮独特的文化，在新时代重新焕发的生机。

高邮文化作为汪曾祺自幼生长、呼吸的环境空气，其所孕育成的深层心理、气质必然是十分强大的，在汪曾祺文学创作的各个方面都会无形而强劲地显示其存在，影响着他对各种文化资源的吐纳吸收。就此而言，高邮文化是推动汪曾祺之所以成为汪曾祺的精神力量所在，而揭示高邮文化积极而充满生命力的文化特质对汪曾祺成长的推动，是这一论题研究的重要方面。

同时，有关汪曾祺文学创作和故乡文化的论题还应该纳入八十年代社会历史发展改革的大背景下，置放于当时各种文学思潮相互碰撞的宏观视野下，研究才有可能触及本质，抓住要害。

本书从作家和作品两方面入手，通过对汪曾祺所受故乡文化影响的多方位考察，研究作家的生活经历和气质特性，同时进行文本细读，分析其创作过程中的精神内核和审美倾向，从故乡高邮文化的角度来剖析汪曾祺的生平和文学创作，在文化和文学之间建立立体多维的联系，把对作家本人的研究与作品研究结合起来，使分析更具说服力。

之前的相关研究，多以汪曾祺和上层文化的关系研究来回答汪曾祺和地域文化的关系，这是相对片面的。民间文化在整个中国传统文化体系中处于基础地位。高邮虽处于地缘与历史的边缘、无为自在，却与汪曾祺独特精神气质的成因密不可分。汪曾祺的作品特征、气质人格、创作实践的鲜明个性从这个角度可以完成比较令人信服的诠释。

因此本论题纳入宏观考察的框架后，以地域文化作为透视点来整体梳理汪曾祺和传统文化的紧密联系，希望能够有一定的理论和实践意义。但考察汪曾祺与高邮文化的关系，必须要有理论的概括与提升。但是这种概括和提升，只有当其建立于具体材料的占有、梳理与扎实论证的基础上，才会显示出理论光彩和力量。于是，在进行研究的同时，更应该在收集相对丰富的材料后，再把具体的材料置于特定背景下，仔细辨析，争取得到切合实际的理解，然后在具体的写作过程中，将材料聚焦在汪曾祺与高邮文化交会的时空点上。并在接受、评判、返归这一动态再现中，体现高邮民间文化对汪曾祺流动的生命状态有着何种深刻的影响。

在整体构思上，本书计划采取总分结合的行文框架，总论和分论相结合，现象和个案相结合，文化特征和文学创作相结合，希望能够较为全面地清理出汪曾祺和高邮文化的复杂关系。总之，本书试图超越的是传统地域文化研究的思路，即从一种静态的、平面的、偏于历史传统的地域文化的范式，进入一种动态的、立体的、强调时代和社会内涵的地域文化体系的研究。希望能够真实、深入地展现地域文化和文学之间、民间文化和作家之间微妙而复杂的关联。

本书的研究目标分三个层面：

（一）以汪曾祺故乡高邮的地域文化视角出发，从作家人生经历到创作审美取向等各个角度多维地解析汪曾祺的作品特征、气质人格、创作实践，将汪曾祺鲜明的文学风格从较新的角度，完成比较令人信服的审视。

（二）将汪曾祺文学创作和故乡文化的论题纳入社会历史发展的大背景下，把具体的材料置于特定背景下解读辨析，争取得到切合实际的理解，将材料聚焦在汪曾祺与高邮文化交会的时空点上。并在接受、评判、返归这一动态再现中，体现高邮民间文化对汪曾祺流动的生命状态有着何种深刻的影响。

（三）从一种静态扁平的地域文化研究范式，进入一种动态立体的地域文化体系的研究。这种地域文化体系中既包含了传统地域文化的自然环境和人文环境，更包含了时代社会发展所带来的新质，呈现出的是一种更为全面和立体的地域文化景观。也希望能够避免传统地域文化和文学研究中较为普遍的文学和文化相对孤立的研究状态，在一种文学和文化的动态模式中，真实、深入地展现地域文化和文学之间、民间文化和作家之间微妙而复杂的关联。

第一章 汪曾祺文学作品中的高邮地域背景

第一章　汪曾祺文学作品中的高邮地域背景

汪曾祺的作品，许多以故乡高邮的旧日生活为背景，以高邮为背景的小说总共有六十三篇，与高邮有关的散文共三十九篇，文论共七篇，诗歌三十五首，另有给家乡题写的楹联两副①，汪曾祺的短篇小说作品共计一百二十七篇②。可分为四种题材：以故乡高邮为背景，着重描写高邮旧日民间生活的小说，以少年游学时的昆明为背景的小说，以张家口的农场果园为背景的小说和以北京世俗生活为背景的小说。以高邮为背景的小说占汪曾祺小说作品总数的一半，正是这些描写故乡高邮旧日生活的短篇小说，达到了汪曾祺文学创作的高峰，成就了与众不同的汪曾祺。

水乡高邮的地域文化特色成为汪曾祺作品中抹不去的底色，但是汪曾祺作品中的水乡背景，不只作为自然环境的情景点缀，也不只是为人物情节服务而存在的过场，水乡风情本身也参与意义的构建。汪曾祺的小说，不以情节为重，基本没有曲折激烈的情节。有研究者认为这种淡化情节的散文化小说正是汪曾祺小说的特色，但汪曾祺自己曾说过："我的作品确实是比较淡的，但它本来就是那样，并没有经过一个'化'的过程。"③由此可见，他的作品并不是刻意地淡化情节，

---

① 陆建华、刘金鳌主编：《梦故乡——汪曾祺笔下的高邮》，江苏：高邮市文联，1999年版，第5页。

② 汪曾祺：《汪曾祺全集》第一卷、第二卷，北京：北京师范大学出版社，1998年版，"目录"，第1页。

③ 林斤澜：《注一个"淡"字》，《中国作家》，1991年05期。

而是本身就不重视铺设曲折多变的情节。汪曾祺的短篇小说，通常从高邮的地理风景、人情习俗进入，作品中总有大段对自然背景、地域风俗的描写，甚至与叙事部分的篇幅相当，通过大篇幅看似平淡却饱含感情的高邮风情画卷，带领读者一步步走进汪曾祺的水乡旧梦。在整体氛围的塑造上，汪曾祺的作品追寻一份自然自在的、水汽氤氲的舒缓和温情。汪曾祺创作的这些关于故乡的作品，主角都是高邮那些名不见经传的市井百姓和他们的人生悲喜，汪曾祺饱含着诚挚的敬意，以平等的亲切与温和来挖掘蕴含在故乡的父老乡亲身上的人性光辉。这些作品都着眼于广阔朴实的劳动领域和故乡人民最真实的风俗人情，艺术地再现了高邮的人文风俗，展开了一幅犹如《清明上河图》一般的风俗画卷。地域背景，或者说水乡底色，是构成作品的重要成分，作品中的风俗和人情，民风与人性，都是建立在水韵悠悠的故乡高邮背景之上的，与高邮的水岸河堤密不可分。高邮水乡的地域特质影响和引导着汪曾祺笔下的人物命运和故事走向。

很多乡土文学作家总是带着"哀其不幸，怒其不争"的情绪，在作品中讽刺乡村的愚昧和乡民的无知，力图通过文学作品去点醒、改变传统的文化习惯，在这些作品中，作家通常是高高在上的，站在审视的角度，用疏离的态度，以批判为基调，将城镇乡村描述为落后而野蛮的旧社会典型。而汪曾祺却大为不同，他始终没有带着俯视的意味审视故乡高邮，他对于自己笔下的故乡高邮是从骨子里熟悉，发自内心深处热爱的。他的作品中，故乡的一切，都是以美丽的姿态出现，作品中无论是对自然景观的描摹，还是对当地风俗人情的叙述，都有着发自内心的脉脉温情，他的高邮系列作品，是用赞许、讴歌的基调创作出的梦里水乡诗篇。汪曾祺两篇最受好评的作品《受戒》和《大淖记事》都是脱胎于故乡高邮的真实蓝本，其余的小说和散文也多以家乡地名或是直接以人名来命名，如短篇小说《徙》《岁寒三友》

《故里三陈》《小姨娘》《鲍团长》,散文《我的家乡》《文游台》《故乡水》《雪湖》等。这些作品对于故乡旧日生活的呈现,是汪曾祺根据记忆,选择最熟悉的生活素材,甄选无忧无虑的少年回忆,重塑理想国美丽世界的得意之作,是他在少年时代离乡背井之后,晚年回眸,对于故乡高邮文化精神的挖掘、回归与重塑。高邮的地域文化,组成了汪曾祺文学创作中必不可少的重要元素,汪曾祺曾经说过:"生活的样式,就是小说的样式。"[①]他把在高邮的生活经历记录下来,将童年的故乡记忆,剪辑提炼到小说、散文中,通过艺术的加工,美化为文学作品。在汪曾祺的作品中,故乡高邮的风土人情已经成为必不可少的有机组成部分,这种写作方法,并不是有意凸显乡土韵味,而是汪曾祺独特审美风格所形成的创作特点,使得高邮的地域文化成为他文学作品中抹不去的背景色。

第一节

汪曾祺作品中的高邮景观描写

一、汪曾祺作品中的高邮景观原型

汪曾祺虽然少年离乡,但对家乡高邮的景观却始终念念不忘,萦绕于心,在他年近六十之时,看见电视上播放《柳堡的故事》,见到

[①] 汪曾祺:《思想语言结构》,《汪曾祺全集》第六卷,北京师范大学出版社1998年版,第80页。

画面中与水乡高邮相似的水乡景观,水车田地,认定影片是于高邮取景,记忆中故乡的景观涌上脑海,以至于激动得坐立不安,不能自已。①在此之后不久,他便重新提笔,创作了以故乡为蓝本的系列作品,大获好评。故乡高邮的景观是汪曾祺魂牵梦萦的心灵慰藉,在他的作品中,以故乡高邮的真实景观作为原型的例子比比皆是,其中又以《大淖记事》最具代表性。

《大淖记事》是汪曾祺最受好评的作品之一,曾获得1981年"北京文学奖"及1981年"全国优秀短篇小说奖"。《大淖记事》描绘出带着烟火气的绵软水乡,有着清澈出尘的桃源意境,同时又具有亲切的家园式情感。以独特的审美情调滋润了长久以来濒临干涸的美学精神诉求。孙郁曾评价"故土的一切在他笔下活起来了,我们在汪曾祺那里看到了泥土与水色的美,在泥土与水乡的炊烟里,他给了我们一个安宁的世界……那些描绘乡土的文字,渗透着作者缠绵的梦。"②

大淖是汪曾祺的故乡高邮真实存在的地方,汪曾祺自己曾说过"大淖是有那么一个地方的。我很久以前就想写写大淖这地方的事。我去年回乡,当然要到大淖去看看。我经常去看的地方之一,是大淖。"③大淖,是汪曾祺无法忘却的念想,是寄情故土,从混沌的尘世中遁出,谱写而成的水乡抒情诗。

《大淖记事》开篇用几句话介绍"大淖"的由来:

"这地方的名字很奇怪,叫作大淖…据说这是蒙古话。那么这地名大概是元朝留下的。元朝以前这地方有没有,叫作什么,就无从考

---

① 汪明:《高邮 汪曾祺》,《老头汪曾祺—我们眼中的父亲》,北京:中国人民出版社,2000年,第256页。
② 孙郁:《革命时代的士大夫:汪曾祺闲录》,北京:三联书店,2014年,第163页、第165页。
③ 汪曾祺《〈大淖记事〉是怎样写出来的》,陆建华、刘金鳌主编:《梦故乡——汪曾祺笔下的高邮》,江苏:高邮市文联,1999年,第552—553页。

查考了。"①

"淖"字在蒙语里面是湖泊的意思，大淖就是一大片水，汪曾祺开篇对大淖这个名字的起源作了说明，他是十分在乎大淖这个名字的，汪曾祺曾说过大淖是由他正名的，他根据自己在张家口坝上下放学习的经历，发现那里大小的水泊都叫"淖儿"，这是来源于蒙语，因坝上多蒙古人，大是淖的状语，形容较大的水域。之所以考证"大淖"的正确写法，是因为很久以前就想写家乡大淖的事情了，只不过由于"淖"字不确定写法而迟迟未能动笔。汪曾祺写《大淖记事》是要原汁原味记述出故乡大淖的模样，因此，名字不能有一字之误，否则"感情上是很不舒服的"②《大淖记事》是小说，也是汪曾祺以故乡高邮的大淖为原型进行艺术升华的结晶。高邮的大淖，已经成为一种情怀，烙印在汪曾祺的脑海里。

接着是对大淖的自然环境描述，整个第一节，基本都是在描述大淖的景观，首先就以大淖的四时风景为开端：

"淖，是一片大水。说是湖泊，似还不够，比一个池塘可要大得多，春夏水盛时，是颇为浩渺的。这是两条水道的河源，淖中央有一条狭长的沙洲。沙洲上长满茅草和芦荻。春初水暖，沙洲上冒出许多紫红色的芦芽和灰绿色的蒌蒿，很快就是一片翠绿了。夏天，茅草、芦荻都吐出雪白的丝穗，在微风中不断地点头。秋天，全都枯黄了，就被人割去，加到自己的屋顶上去了。冬天，下雪，这里总比别处先白。……"③

---

① 汪曾祺：《大淖记事》，《汪曾祺全集》第一卷，北京：北京师范大学出版社，1998年版，第413页。
② 汪曾祺：《〈大淖记事〉是怎样写出来的》，陆建华、刘金鳌主编：《梦故乡——汪曾祺笔下的高邮》，江苏：高邮市文联，1999年版，第553页。
③ 汪曾祺：《大淖记事》，《汪曾祺全集》第一卷，北京：北京师范大学出版社，1998年版，第413—414页。

大淖的四季轮转、草长莺飞、日升月落，跃然纸上，这是巧云和十一子的大淖，也是汪曾祺记忆中的大淖。大淖实际上确有其地，在汪曾祺的老家高邮，东临高邮市，西邻高邮湖和大运河，属于北澄子河的河段之一。① 汪曾祺曾经明确说过"大淖的景物，大体就是像我所写的那样"②。《大淖记事》中，写大淖是"两条水道的河源"，实际上也是这样，大淖是高邮故名"运盐河"的北澄子河与康王河交汇的地方，当地人说大淖是一片水地河滩的名字，是这一片地域的统称，汪曾祺也在文中写"大淖指的是这片水，也指水边的陆地"。③ 高邮多荡滩，也就是常年水位在 1.2 米的河滩，主要生长芦苇等植物，水流四通八达，畅通无阻，水质好，鱼多草盛④，也就是《大淖记事》里面所写的，在春天里"冒出许多紫红色的芦芽和灰绿色的蒌蒿"，在夏天"吐出雪白的丝穗，在微风中不断地点头"⑤的芦苇荡景色原型，大淖毗邻高邮湖和运河，这两处都有连绵不断，河荡相连的芦苇荡滩，这里有清澈的活水，不很深，也不湍急，不如湖泊那么广阔，却比池塘要大得多。这里更近似于一片自然景观和人文景观并存的地域，这里的气质介于自然的野性和人文的教化之间，水泊、芦苇、渔民、水鸟和谐共存。童年时光里，总是去"看"大淖的汪曾祺，在将近半个世纪后，完美地将记忆中大淖的自然风光复刻到了自己的作品中。

---

① 王鹤、杨杰纂：《高邮县志》篇二《自然环境篇》，江苏：江苏人民出版社，1991 年版，第 141 页。
② 汪曾祺：《〈大淖记事〉是怎样写出来的》，陆建华、刘金鳌主编：《梦故乡——汪曾祺笔下的高邮》，江苏：高邮市文联，1999 年版，第 554 页。
③ 汪曾祺：《大淖记事》，《汪曾祺全集》第一卷，北京：北京师范大学出版社，1998 年版，第 414 页。
④ 王鹤、杨杰纂：《高邮县志》篇二《自然环境篇》，江苏：江苏人民出版社，1991 年版，第 145 页。
⑤ 汪曾祺：《大淖记事》，《汪曾祺全集》第一卷，北京：北京师范大学出版社，1998 年版，第 413 页。

汪曾祺写大淖的景观，不只醉心于自然风光的描述，大淖不是一块野地，而是乡民繁衍生存的水乡。作者开篇描绘大淖四季更替的自然之美以后，转而移动视线，"从淖里坐船沿沙洲西面北行，可以看到高阜上的几家炕房"①，让乡民船坞进入视野。随着船行的路线，依次经过鸡鸭炕房、浆坊、鲜货行、田畴麦垄、牛棚水车。再往北"可至北乡各村。东去可至一沟、二沟、三垛，直达邻县兴化"。②汪曾祺在这段景观描述里，从自然景色过渡到茅屋村舍，大淖的烟火气蔓延开来，炕房外的土坪、竹笼里炕出的鸡鸭，浆坊里上磨的毛驴、鲜货行贩卖的菱角，鲜活真实的程度好比移步换景，随着小船的行进映入眼帘，就连一沟、二沟、三垛几个乡村名字，也是高邮真实的乡镇名称，一字未改，实际上就叫作一沟乡、二沟乡和三垛镇，都在大淖的北面，至今这几个乡镇的名字仍未更改，记录在高邮县志中③。与其认为汪曾祺把几个村镇名拿来借用在作品中，不如说他就是在优美地复述、回忆大淖当年的真实景观。

二、汪曾祺作品中的高邮水乡风情

汪曾祺的小说和散文，许多都是描写水边的场景，《大淖记事》、《受戒》描写的都是水乡的故事，汪曾祺最具特色的一系列作品，都是以水城高邮为背景的。《受戒》中小英子的家，是在一个三面环水的岛上，独门独户，只此一家，六棵大桑树，三棵结白桑葚，三棵结紫桑葚，还有一个菜园，瓜豆蔬菜，四时不缺，一家人男耕女织，自

---

① 汪曾祺：《大淖记事》，《汪曾祺全集》第一卷，北京：北京师范大学出版社，1998年版，第413页—第414页。

② 汪曾祺：《大淖记事》，《汪曾祺全集》第一卷，北京：北京师范大学出版社，1998年版，第415页。

③ 王鹤、杨杰纂：《高邮县志》篇二《自然环境篇》，江苏：江苏人民出版社，1991年版，第111页—第115页。

给自足。水环绕着小英子的家，滋养着他们的生活，水里放养的鸭子可供他们的油盐，水田里一半种的是小英子最爱吃的荸荠，生活富足兴旺，岛上只有一条小路通往小和尚明海所在的荸荠庵，他们过着不被世俗纷扰的、田园牧歌般生活，汪曾祺所塑造的，简直就是世外桃源式的水乡理想国。《大淖记事》里的巧云和十一子，也依傍着大淖这片河滩而居。因为大淖这片河滩，挑夫们世代相传，有了生计，锡匠们傍水而居，等待生意，巧云在河滩边结渔网，与小锡匠十一子相识相知。水域是所有故事发生的地域背景，河流湖泊是滋养百姓生活的自然之母。

　　水边的女性，是汪曾祺作品中难以割舍的主题。水边的少女小英子，灵动自然，质朴烂漫，刚一见面，就把手里吃剩的半个莲蓬扔给小和尚明海吃，她和明海在荸荠田里嬉戏打闹，光着小脚踩小和尚明海的脚丫子，在水乡的芦苇荡里自在穿梭，在船上她问明海"我给你当老婆，你要不要？"这是坦荡荡的自然之魂，是汪曾祺笔下"水的女儿"，是晶莹剔透的露水结成的精灵，是天生天养的自然魂魄。大淖边的少女巧云，一双斜飞的眸子，看人时带着"吃惊而专注"的神情，没有矫饰，自然妩媚，风流天成。巧云与十一子的感情，在水边萌芽，因巧云落水，十一子舍身相救而加深，最后，巧云与十一子在水中央的一片芦苇荡里相会，约定终身："一天，巧云找到十一子，说：'晚上你到大淖东边来，我有话跟你说。'十一子到了淖边，巧云踏在一只'鸭撇子'上，把篙子一点，撑向淖中央的沙洲，对十一子说：'你来！'过了一会，十一子泅水到了沙洲上。他们在沙洲的茅草丛里一直待到月到中天。月亮真好啊！"[①]月色如纱，水波朦胧，这是水边的女儿巧云对爱情的大胆追求，是无法束缚的，健康自然的

[①] 汪曾祺：《大淖记事》，《汪曾祺全集》第一卷，北京：北京师范大学出版社，1998年版，第429页。

美好爱情。学者胡河清认为：汪曾祺描写的巧云和十一子的相会，就是七夕织女和牛郎的鹊桥会，①大淖的沙洲，就是银河的鹊桥，巧云名里的巧字，正是暗合七夕之意，与高邮词人秦少游的名作《鹊桥仙》有着异曲同工之妙：词中所写纤云弄巧，柔情似水，佳期如梦，正在这大淖的水中央，沙洲的掩映下，大好的月色里成就巧云与十一子纯真透亮的爱情。除了小英子和巧云，还有《水蛇腰》里的崔兰，《晚饭花》中的王玉英，《百蝶图》里的小玉，这些水边的少女，都带着一种水般的温婉、柔情，她们生活在凡俗世界之外，傍水而居，品性样貌有如水流般的清透明澈，是没有社会化的水边精灵，她们身上存在着最纯真美好的爱情和人性，汪曾祺在描写这些水样少女时，笔触轻灵柔和，带着对自然健康的感情向往，描写出至纯至真的柔情之美。

汪曾祺的作品中，无论是世外桃源般的水域风情，还是水边精灵般的美丽少女，都源自汪曾祺故乡高邮的水韵浸染。汪曾祺曾经说过："我小时候，从早到晚，一天没有看见河水的日子，几乎没有。"②在高邮水城中，汪曾祺度过了儿童和青年时代，在高邮，无处不在的河流湖泊漫延过小城的每个角落，水道河滩是高邮小城少年汪曾祺日常生活的背景。汪曾祺家乡的水，不是大海那样的波涛汹涌，他说过：虽然有些水是汹涌澎湃的，但他们家乡的水，总是柔软、平和而安静地流淌着的。③这种温和而静默的水，漫漫地洇湿汪曾祺故乡的每个角落，带着脉脉的温情滋养着高邮的人们，带来富足和安逸，虽然难及十里扬州的繁华无双，却也是温饱有余的平和踏实。水，是滋

---

① 胡河清：《汪曾祺论》，《当代作家评论》，1993 年 01 期。
② 汪曾祺：《我的家乡》，《汪曾祺全集》第五卷，北京：北京师范大学出版社，1998年版，第 190 页。
③ 汪曾祺：《自报家门》，《汪曾祺全集》第四卷，北京：北京师范大学出版社，1998年，第 281 页。

养高邮的自然母亲，也是汪曾祺生命中永恒的力量源泉，这种由水构成的温润和安逸的色调，是汪曾祺人生源头的最初印象，也是他晚年重归安定之后的心灵归宿。当他重拾墨笔，再次写作的时候，他写出的是他心底对故园的旧梦，这旧梦中满是沼沼的水汽凝结出的纯真幻境，很难说一开始他是有意地在勾勒这水乡的润泽之气，但是存在于几乎他所有的文章中，那挥之不去的水汽温润，只能说明这种来自故乡的水韵已经根植在汪曾祺的精神气质中。费振钟曾经评价汪曾祺晚年的写作风格已臻"寂静之境"，但他的寂静却是"寂而不枯""静而不晦"[1]。这要归功于故乡的水带来的润泽，汪曾祺直到暮年，写作风格依旧轻快灵动，淡泊却依旧充满好奇，"水"是汪曾祺对于故乡最初的印象，但却不止如此，"水"终究升华为对汪曾祺精神人格的滋养，成为他内化的审美规范。

第二节

汪曾祺作品中的高邮风俗刻画

汪曾祺的小说，很多作家称之为风俗画小说。汪曾祺自己也曾经说过："我是很爱看风情画，十六、十七世纪的荷兰画派的画，日本的浮世绘，中国的货郎图、踏歌图……我都爱看，讲风俗的书，《荆梦岁时记》《东京梦华录》《一岁货声》……我都爱看。我也爱读竹枝

---

[1] 费振钟：《江南士风与江苏文学》，湖南：湖南教育出版社，1995年版，第198页。

词，我以为风俗是一个民族集体创作的生活风情诗。我的小说里有些风情画的成分，是很自然的。"①汪曾祺的作品，总有许多有关风土人情的描写，这些风俗描写是汪曾祺作品的重要组成部分，是构成他作品独特艺术魅力的重要原因之一，其中又以对故乡高邮的风俗刻画最为细腻传神。

一、汪曾祺作品中的高邮风俗还原

汪曾祺最具代表性的作品之一《大淖记事》，一半多的篇幅都在细致地描绘故乡高邮大淖地区的风土民俗。《大淖记事》全文共分六节，第四节到第六节情节徐徐展开，前三节全是对大淖的风情描画：水汽氤氲的自然景致、质朴天然的民风民俗，带着脉脉温情的描绘倾诉，伴着袅袅炊烟的情景书写，完美地营造出汪曾祺舍不掉的故乡旧梦。

《大淖记事》第一节的末尾，从大淖的地理位置联系到大淖的人文风俗，作者用几个"不一样"，把大淖的特别强调出来：

"这里是城区和乡下的交界处……这里的一切和街里不一样……这里的人也不一样。他们的生活，他们的风俗，他们的是非标准、伦理道德观念和街里的穿长衣念过'子曰'的人完全不同。"②

从第一节末尾开始到第三节结束，都在对大淖地区的风俗进行多角度的刻画，除了引出男主角"十一子"，没有展开故事情节，整整两节都在全情投入地写大淖的风俗，写与众不同的、与"城市街里"很不一样的风俗人情。第二节的描述重点是锡匠群体：

---

① 汪曾祺：《〈大淖记事〉是怎样写出来的》，陆建华、刘金鳌主编：《梦故乡——汪曾祺笔下的高邮》，江苏：高邮市文联，1999年版，第556页。

② 汪曾祺：《大淖记事》，《汪曾祺全集》第一卷，北京：北京师范大学出版社，1998年版，第415页。

"这里还住着二十来个锡匠……这地方兴用锡器,家家都有几件锡制的家伙……嫁闺女时都要陪送一套锡器。最少也要有两个能容四五升米的大锡罐……因此,二十来个锡匠并不显多。"①

大淖西边的锡匠有二十多个,当地有用锡器的习惯,嫁妆也是锡做的。锡匠在高邮是很常见的,有记录显示,1934年高邮共有铜锡店铺15家(对一个小城来说不算少),主营加工锡茶壶、锡烛台、香炉,等,加工原料靠收购废锡②。在家乡时,汪曾祺是个喜欢到处看,东走走,西望望的少年,放学回来,一路上看过来,银匠、画匠、竹匠、锡匠都是好风景。他曾说可以清晰记得放学路上的每一家店铺③。这种对于周遭世界细致好奇的观察,为日后的写作积累了素材。

汪曾祺细致描写了锡匠制造锡器的手工艺流程,用怎样的器具"锡匠担子、风箱锡板",打造过程"备料 — 熔化 — 压制 — 焊接 — 打磨"。从头至尾每个锡器制造环节都描述得十分详尽,阅读起来给人的感觉是少年汪曾祺站在锡匠摊子边,眼珠都不错地边看边说。这段制作锡器的描写,与故事主线没有直接关系,但对作品整体氛围起到烘托铺垫的作用,也是汪曾祺从小深刻印在脑中的故乡回忆。这些锡匠,自成一派,讲义气,从不抢生意,扶持互助,有自己的头领和规则,闲暇时候自得其乐,唱"小开口"地方戏娱乐,还出了个一表人才的"十一子"。在汪曾祺的笔下,锡匠们的生活自由闲散,乐在其中。

《大淖记事》的第三节,从锡匠生活转而描写挑夫群体:

---

① 汪曾祺:《大淖记事》,《汪曾祺全集》第一卷,北京:北京师范大学出版社,1998年版,第416页。

② 王鹤、杨杰纂:《高邮县志》篇九《商业》,江苏:江苏人民出版社,1991年版,第340页。

③ 汪曾祺:《〈大淖记事〉是怎样写出来的》,陆建华、刘金鳌主编:《梦故乡——汪曾祺笔下的高邮》,江苏:高邮市文联,1999年版,第554页。

"这里的人,世代相传,都是挑夫。挑得最多的是稻子。东乡、北乡的稻船,都在大淖靠岸。满船的稻子,都由这些挑夫挑走。或送到米店,或送进哪家大户的廒仓,或挑到南门外琵琶闸的大船上,沿运河外运。……稻谷之外,什么都挑,因此,一年三百六十天,天天有活干,饿不着。"

据记载,清末形成的高邮粮食市场在二十世纪二十年代更趋兴旺,通过淮河、运河、高邮湖运来的各地粮食,让高邮成为苏北里下河地区最大的粮食集散地。旺季时,粮船云集,连绵数里,岸上运粮工人来往穿梭,人头攒动。《三续高邮州志》有载:"历年输出稻谷就南门外一处调查,岁30余万石(折2250万公斤),麦豆及黄麻等粮半其数。四乡之输出虽未调查,总不止较城十倍。面粉公司输出面粉岁约三四十万袋"[1] 当时的高邮,挑夫和锡匠一样,在小城里随处可见。汪曾祺在高邮的家,紧邻挑夫们聚居地,出了巷子尽头就是。上小学、初中时每天早晚,汪曾祺都要经过那里,周日就去钓鱼写生,他对那里非常熟悉,他曾说:挑夫的生活就像他写的那样,街里人对他们看不起也是有的。但是,汪曾祺对于挑夫们却"真的从小没有轻视过"[2]。汪曾祺在《大淖记事》中带着天真赞许的目光,描述挑夫们与街里人不同的风俗爱好、嫁娶观念。

写他们干活、吃饭:"挑夫们的生活很简单:卖力气,吃饭……这些人家无隔宿之粮,都是当天买,当天吃。……碗里是骨堆堆的一碗紫红紫红的米饭,一边堆着青菜小鱼,臭豆腐、腌辣椒,大口大口地在吞食。他们吃饭不怎么嚼,只在嘴里打一个滚,咕咚一声就咽下

---

[1] 王鹤、杨杰纂:《高邮县志》篇九《商业》,江苏:江苏人民出版社,1991年版,第324页。

[2] 汪曾祺:《〈大淖记事〉是怎样写出来的》,陆建华、刘金螯主编:《梦故乡——汪曾祺笔下的高邮》,江苏:高邮市文联,1999年版,第555页。

去了。看他们吃得那样香,你会觉得世界上再没有比这个饭更好吃的饭了。"

写挑夫"女将":"她们挑得不比男人少,走得不比男人慢。都生得颀长俊俏……一二十个姑娘媳妇,挑着一担担紫红的荸荠、碧绿的菱角、雪白的连枝藕,走成一长串,风摆柳似的嚓嚓地走过,好看得很!"①

写挑夫女子们百无禁忌,率性而为的婚嫁习俗:"没出门子的姑娘还文雅一点,一做了媳妇就简直是'姜太公在此百无禁忌',要多野有多野……这里人家的婚嫁极少明媒正娶,花轿吹鼓手是挣不着他们的钱的。媳妇,多是自己跑来的;姑娘,一般是自己找人。他们在男女关系上是比较随便的。因此,街里的人说这里'风气不好'。到底是哪里的风气更好一些呢?难说。"②

在汪曾祺的笔下,挑夫的生活充满了欢乐的人间烟火气,他们自食其力、自由自在、无谓清规戒律、率性而为,尤其是那些坦荡下河洗澡、随意打情骂俏、自由决定婚丧嫁娶的挑夫女子们,与男人一样的凭力气吃饭,能干而又妩媚,敢爱敢恨的恣意生活,是诗经中描写的"思无邪"境界,充满了生命的美与张力。

汪曾祺笔下的大淖,有浩渺无边的水泊,四季轮替的芦苇荡,无拘无束的乡民人家围绕栖息。这是一个没有规范的化外之地,一个小城边缘的异世界,有着理想国的简单纯朴,天生自在。大淖中自成体系,不受清规戒律的束缚,人们凭着质朴的准则行事,仁爱互助、自由随性,远离所谓道德、文明的桎梏,充满着天生天养、恣意而为的

---

① 汪曾祺:《大淖记事》,《汪曾祺全集》第一卷,北京:北京师范大学出版社,1998年版,第420页。

② 汪曾祺:《大淖记事》,《汪曾祺全集》第一卷,北京:北京师范大学出版社,1998年版,第421-422页。

原始喜悦。

二、醉心于民俗风情的"风俗画"类型作品

除了大淖记事,汪曾祺不少作品都有着独具特色的风俗刻画,像《鸡鸭名家》《故里三陈》《晚饭花》《岁寒三友》等小说,都穿插着大量的民俗描写,还有《耿庙神灯》《喜神》《看画》《岁叫春》《故乡的元宵》等散文作品,都是专门描写高邮民俗的。

《故里三陈》里面的瓦匠陈四,有一门绝活,在迎神赛会、赛城隍的时候表演踩高跷,"我记得赛城隍是在夏秋之交,阴历七月半,正是大热的时候,不过好像也有在十月初出会的。那真是万人空巷,倾城出观。要在高跷上郑马,在高跷上坐轿,要能在高跷上做'探海''射雁'这些在平地上也不好做的高难动作。到了挨火烧的时候,还要左右躲闪,簸脑袋,甩胡须,连连转圈"。①《陈四》一文,通篇描述赛城隍的盛况和乡里街市的赛神会习俗,在高邮,城隍庙会地位重要,因为传说中保护高邮城的正是"城隍"。清末民初年间,高邮城隍庙香火极盛,每年清明、中元、十月朔城隍都要出巡,和文中所写相符。出巡时扮神装鬼者呼拥神轿,前有旗幡锣鼓、民间娱乐表演队伍和还愿者。晚会全街灯火通明,万人空巷。临泽亦有城隍会。民间表演队伍有荡湖船、打莲湘、踩高跷、舞长龙、挑花担、河蚌舞、荡秋千、跳台判等②。短篇小说《陈四》,以人物为名,但浓墨重彩地书写高邮城里的"迎会"盛况,街里店铺洒扫以待、太太小姐盛装打扮、信众拜香还愿,"城隍庙会"已不只是宗教祭祀,而是演变为一

---

① 汪曾祺:《故里三陈》,《汪曾祺全集》第二卷,北京师范大学出版社,1998年版,第118-119页。

② 王鹤、杨杰纂:《高邮县志》篇二十四《风俗》,江苏:江苏人民出版社,1991年版,第717页。

种民间的娱乐庆典和贸易集市，百姓在节下不必劳作，纵情投入仪式的欢快氛围里，尽情享乐，放松身心，整个小城都洋溢着节日的喜庆氛围。同样的还有《晚饭花》里元宵节送灯的描写。"送灯的用意是祈求多子。元宵节前几天，街上常常可以看到送灯的队伍。几个女佣人，穿了干净的衣服，头梳得光光的，戴着双喜字大红绒花，一人手里提着一盏灯；前面有几个吹鼓手吹着细乐"。① 高邮的元宵灯节从正月十三到十八，十五日为高潮，讲究夜晚时张灯结彩，元宵花灯千姿百态，百姓上街观彩灯，求子心切的人家，有正月十三元宵灯节送灯的习俗②。在《故乡的元宵》里，汪曾祺详尽回忆了故乡高邮的元宵灯节，百姓上街看走马灯，家里老宅各屋女眷娘家送的花灯，还有孩子们的兔子灯、绣球灯、西瓜灯，展现高邮元宵灯节祥和喜庆的气氛。夜幕中静静的元宵花灯，明亮温柔，吉祥隽永。汪曾祺回忆中父老乡亲的日常生活是安乐祥和的，在他的笔下，故乡日常的生活里充满着艺术的美感。《晚饭花》里的《三姊妹出嫁》，姊妹出嫁没有过多着墨，作者写秦老吉的馄饨摊子、皮匠、剃头匠和卖糖的倒是写得事无巨细、兴致盎然，还有《岁寒三友》和《异秉》里面对于巷里街上的店铺和里面的手艺人的生活事无巨细，娓娓道来。这些以真实的高邮风俗为蓝本的作品，描绘出一幅属于高邮的《清明上河图》，作品中的情节和人物融入整体的风俗氛围里，具有浓厚的写实意味，具有极强的代入感，使读者仿佛走进真实的高邮小城，沉浸在作者笔下独特的高邮民俗风情里。

汪曾祺的文学作品，充满了对高邮水韵街巷，父老乡亲的温情描

---

① 汪曾祺：《晚饭花》，《汪曾祺全集》第一卷，北京师范大学出版社，1998年版，第516页

② 王鹤、杨杰纂：《高邮县志》篇二十四《风俗》，江苏：江苏人民出版社，1991年，第694、705页。

绘,故里高邮是汪曾祺文学创作的重要背景,这里的自然风光、民风民俗已经是汪曾祺作品的有机组成部分,进而内化为作家本身的创作灵感和审美风格。汪曾祺对于高邮乡土的书写,没有批判和审视的意味,也不是简单粗粝的原始复述,而是以审美的心境融入笔端,用发自内心的脉脉温情描摹故乡的自然美和人文情,依据对故乡地域文化的回忆,试图建立一个超脱世俗纷扰、淡泊宁静的化外之境,创造一种清新淡雅的审美风范。

第三节

汪曾祺作品中的高邮"人物志"

一、汪曾祺作品中的高邮人物原型

汪曾祺的高邮系列文学作品,大多写故人往事,其中多数都是有原型的,人物和事件、风景与民俗,都是真实情感的再现,虽然并不是百分百原封不动的挪移,但都是汪曾祺记忆中的水乡往事。在这些作品中,很少有负面人物出现,即使有,也是匆匆带过,没有过多的笔墨,更多的篇幅是围绕着普通百姓、家乡父老安逸简单的生活着墨,汪曾祺将目光聚焦在生养他的故土,以温和的眼光、赞许的语气、人道主义的关怀,重塑出鲜活的高邮往事,完成了精神的还乡。

汪曾祺的《受戒》是他在 1980 年重返文坛的首篇作品,一经发表,立即引起文坛的关注,因散文化叙事结构、独特的语言美感和非确定性的主题意义而引起争议，也因此奠定了汪曾祺在文坛上的地位。

汪曾祺曾经以《受戒》为例，说明文学创作应该从生活经验出发，从本人不能忘怀的事情出发[①]。汪曾祺曾说过，《受戒》写的是"我初恋的一种朦胧的对爱的感觉"[②]。《受戒》里明海和小英子的初恋，两小无猜，天然自在，纯洁质朴，在高邮水乡的荸荠庵中悄悄萌芽。小英子的原型是汪曾祺弟弟汪海珊的保姆大英子，1937年汪曾祺在庵赵庄避难时，为了照顾继母任氏难产所生的弟弟汪海珊，请来了佃户王家的女儿大英子当保姆，专门照看汪海珊，大英子是王家的独生女儿，家里很过得去[③]。小英子一家在汪曾祺笔下充满了诗意的美感：

"岛上有六棵大桑树，夏天都结大桑椹，三棵结白的，三棵结紫的；一个菜园子，瓜豆蔬菜，四时不缺。""房檐下一边种着一棵石榴树，一边种着一棵栀子花，都齐房檐高了。夏天开了花，一红一白，好看得很。栀子花香得冲鼻子。"[④]

汪曾祺的回忆中，小英子一家，正如他所写的那样，勤快干净，眉眼明秀，俊美健康，家境殷实，汪海珊回忆起大英子的母亲王大妈时总能记起：她每次来都不空着手，总带着时鲜的农产品[⑤]，大英子是请来的保姆，与其他佣人地位不同，她从不称呼汪曾祺少爷，而是直呼其名。偏安一隅的高邮农村，正值青春，聪慧明秀的大英子，有

---

① 汪曾祺：《社会性·小说技巧》，《汪曾祺全集》第八卷，北京：北京师范大学出版社，1998年版，第67页。

② 汪曾祺：《作为抒情诗的散文化小说》，《汪曾祺全集》第八卷，北京：北京师范大学出版社，1998年版，第75页。

③ 施行主编：《汪曾祺文学阅读词典》，北京：作家出版社，2014年版，第381页。

④ 汪曾祺：《受戒》，《汪曾祺全集》第一卷，北京：北京师范大学出版社，1998年版，第331—332页。

⑤ 维儒：《寻访庵赵庄》，《扬州日报》2012年7月26日，T3版。

着"一对活灵活现,黑白分明的眼睛"①,除了照看婴儿汪海珊,就是与年龄相仿的汪曾祺在高邮的田园水乡,方外小庙谈天说地,朝夕相处,爽朗美丽的乡下姑娘和单纯文秀的城市少年,不由得在内心深处留下美好的回忆。汪曾祺认为"像小英子这种乡村女孩,他们感情的发育是非常健康的,没有经过扭曲"②。《受戒》中小英子与明海两情相悦,不受礼教和清规戒律的束缚,感情纯真自然、纤毫不染,也是由汪曾祺年少时与大英子的一种美好感情萌发而出的。这确实算不上是初恋,但却是初恋般的,朦胧的,对爱的一种似是而非的感觉。大英子终其一生都对汪曾祺念念不忘,却始终没有机缘再见汪曾祺一面,虽然是遗憾,却更让纯真美好的记忆能够永存。

《受戒》里的人物,不仅是小英子,还有很多是有着人物原型的:善因寺的方丈石桥和尚,属于汪曾祺小时候见过的阔和尚之列,谈吐不俗、相貌堂堂、能写能画,算得上是县里的文化人。荸荠庵里苦修的普照老和尚,原型是汪曾祺童年在小庙里见过的,戒行严苦的老和尚,他年轻时在香炉里把自己的两个手指头烧掉,号称"八指头陀"③。故事里的小和尚明海,慧园庵里并没有原型,汪曾祺明确表示:"有一个小和尚,人相当蠢,和明海不一样"④。也有人认为小和尚明海是汪曾祺的化身,汪曾祺幼时曾有法名"海鳌",但汪曾祺说自己没有当过和尚,有人问起,汪曾祺也完全否定是写他自己⑤。

其实,不管明海的原型是不是汪曾祺,或者说小明子有多少是虚

---

① 施行主编:《汪曾祺文学阅读词典》,北京:作家出版社,2011年,第226页。

② 汪曾祺:《作为抒情诗的散文化小说》,《汪曾祺全集》第八卷,北京:北京师范大学出版社,1998年,第75页。

③ 汪曾祺:《关于受戒》,陆建华、刘金鳌主编:《梦故乡——汪曾祺笔下的高邮》,江苏:高邮市文联,1999年,第547页。

④ 汪曾祺:《关于受戒》,陆建华、刘金鳌主编:《梦故乡——汪曾祺笔下的高邮》,江苏:高邮市文联,1999年,第548页。

⑤ 维儒:《寻访庵赵庄》,《扬州日报》,2012年7月26日,T3版。

构，多少是汪曾祺留在四十三年前家乡梦中的少年幻化而成，汪曾祺写《受戒》，写世俗化的佛门弟子纯真的初恋，为的是赞扬人性，发掘人身上美的诗意的东西，写的是人性的解放，为的是人人都追求的优美而自然的情绪。这是故乡高邮的俗世风景凝结出的美梦，在少年汪曾祺头脑中沉睡半个世纪后，酝酿而出的一杯醉人的美酒。

二、描写父老乡亲的高邮"人物志"类型作品

以《受戒》《大淖记事》为代表，汪曾祺创作的文学作品中有一百余篇是关于故乡高邮的，包括短篇小说、散文、诗歌等。具有一定代表性的有小说《异秉》《晚饭花》《徙》《故里三陈》《皮凤三楦房子》，散文《我的家乡》《故乡水》《故乡的元宵》《故乡的野菜》《看画》《文游台》《多年父子成兄弟》《我的家》《我的祖父母》《我的父亲》《我的母亲》《大莲姐姐》《我的小学》等。这些文学作品以高邮的水乡风情为背景，紧紧围绕着故乡高邮的故里旧事、民俗风景、巷闻杂谈、人情往事，勾勒出旧时独具特色的高邮小城。

除了代表作《受戒》中的高邮人物原型，汪曾祺的高邮系列作品，还有相当部分是以描写人物为主要内容，不少作品是用人物来命名，如小说《故里三陈》《戴车匠》《八千岁》、散文《我的祖父母》《我的母亲》等。在这些小说和散文里，汪曾祺用充满温情的眼睛看人，去发掘普通人身上的美和诗意[①]。这些以描写人物为主要内容的作品，一类是以高邮的人物为原型，如《故里三陈》《徙》《皮凤三楦房子》《鸡鸭名家》《岁寒三友》等。一类是回忆汪曾祺的亲友，如《多年父子成兄弟》《我的父亲》《我的母亲》《大莲姐姐》等。这些作品的

---

① 汪曾祺：《我是一个中国人》，《汪曾祺全集》第二卷，北京师范大学出版社，1998年版，第301页。

第一章 汪曾祺文学作品中的高邮地域背景

核心是为了表现、塑造人物，所有的情节内容、环境铺垫都是为了从不同的侧面反映人物服务的。这些作品里，没有恢宏的背景和曲折的情节，均以城乡小民的视角，描写最贴近百姓喜怒哀乐的真实形象。

汪曾祺曾经说过，他的小说中的人物不少是有原型的。《异秉》中开熏烧摊子的王二、《徙》中的高先生、《故里三陈》中的陈小手，都是有原型的。《异秉》中的王二，老实本分，熏烧摊子开得兴旺，一开始在保全堂药店的廊檐下摆摊，随着生意渐好，搬到源昌烟店的店堂中去，扩大门面占了半个店铺，生意兴旺之后，乡邻认为王二生来有不同凡响之处，才能财源广进，这就是王二所说"大小解分清"的"异秉"。王二熏烧摊子里的卤味、保全堂的学徒陈相公、傍晚闲谈的乡邻，事无巨细，活灵活现。一个老实本分，白手起家的小生意人跃然纸上。在高邮，王二确有其人，就是开熏烧摊子的小买卖人。王二的儿子见到汪曾祺的儿子，还说："你爸爸写的我爸爸的事，百分之八十是真的。"汪曾祺提过："王二熏烧摊子的兴旺发达，他爱听说书……这都是我亲眼所见，他说的'异秉'——'大小解分清'，是我亲耳所闻，——这是造不出来的。"[①]

《徙》中的主角高北溟，品格孤高，有教无类，但由于时局多变，爱女夭折，抱憾终身。高北溟也是真实存在的，是汪曾祺小学和初中的老师，为人治学，如文中所写，连名字都没有改变，小说里面高北溟门上的春联都是真的，只不过高先生并没有失业，一直在中学教书。高先生教过汪曾祺小学五年级和初中一二年级的国文，对汪曾祺今后的小说创作深有启发[②]。《徙》中的小学就是汪曾祺所念的小学，

[①] 汪曾祺《〈菰蒲深处〉自序》，陆建华、刘金鳌主编：《梦故乡——汪曾祺笔下的高邮》，江苏：高邮市文联，1999年版，第559页。

[②] 汪曾祺《我的初中》，陆建华、刘金鳌主编：《梦故乡——汪曾祺笔下的高邮》，江苏：高邮市文联，1999年版，第531页。

县立第五小学，文中的校歌也就是五小的校歌。汪曾祺对小学母校非常有感情，曾经在1981年回故乡的时候，独自去寻访母校，时过境迁，小学已经不在①。《徙》一文写于1981年，也是出于汪曾祺对母校恩师的眷恋之情。还有《故里三陈》中擅长接生的陈小手，也是有那么一个人的，他的故事是汪曾祺的继母告诉他的②。只不过为了增加故事的曲折，增添了被团长一枪打死的情节。汪曾祺以描写人物为主的作品，还有一类是写家人的，汪曾祺的父亲、母亲、祖父母、保姆等，都在他的作品中有所表现。除了《我的父亲》《我的母亲》等文，还有不少改编入文的部分：《异秉》里面的保全堂，是汪曾祺祖父开的两家药店之一，《徙》中的高北溟的老师谈甓渔，是参照汪曾祺祖母的父亲，高邮诗人谈人格所写的诗文也曾在汪曾祺的作品中得到引用③。《钓鱼的医生》中的王淡人医生，许多事迹就是以汪曾祺父亲的事情为原型的④。

这些细节饱满，形象立体的民间人物，是汪曾祺作品中的主要关注对象，汪曾祺以小人物的视角，兴致盎然地描绘着故乡小城高邮的小人物们的喜怒哀乐，写这些引车卖浆的贩夫走卒，在市井中日复一日充满烟火气的生活图景，汪曾祺始终将目光聚焦在这些市井小民平淡却有滋味的日常生活中，赞扬这些在苦难中依然坚强泰然的普通劳动人民，发掘他们身上闪耀着的人性与生命之美。

---

① 汪曾祺《我的小学》，陆建华、刘金鳌主编：《梦故乡——汪曾祺笔下的高邮》，江苏：高邮市文联，1999年版，第520—528页。

② 汪曾祺《〈菰蒲深处〉自序》，陆建华、刘金鳌主编：《梦故乡——汪曾祺笔下的高邮》，江苏：高邮市文联，1999年版，第559页。

③ 汪曾祺《我的祖父祖母》，陆建华、刘金鳌主编：《梦故乡——汪曾祺笔下的高邮》，江苏：高邮市文联，1999年版，第500—503页。

④ 汪曾祺《我的父亲》，陆建华、刘金鳌主编：《梦故乡——汪曾祺笔下的高邮》，江苏：高邮市文联，1999年版，第510页。

第四节

汪曾祺作品中的"儒道佛"和高邮民间宗教信仰

儒道佛是中国传统思想文化的三大基本组成部分，在上千年的递擅演变中，传统思想文化形成了以儒家为主、佛道为辅的"三教合一"的基本格局[①]。儒道佛三种思想和文化在差异中互补，用现代的概念来说，这三种思想文化本质上的区别在于人生观、价值观和世界观。儒教文化主要指以孔子为代表的儒家学说，儒家尊崇"仁"和"义"为核心的道德价值观，同时强调"礼"的重要性，要求以"完人"的标准要求自己，从而达到做"君子"的标准，要求"己欲立而立人，己欲达而达人"（《论语·雍也》），天下为公、见义忘利、克己复礼、尊重"修身、齐家、治国、平天下"的信条（《礼记·大学》），也就是要求人应该在严格要求自己、提升自身的基础上帮助别人达到提升，勇于担当社会责任，注重道义、不追求私利，思想行为要符合一定的道德标准，遵从严格的行为规范和政治制度。儒家重视人本身的价值，追求自我价值的实现，希望能够改造环境，重视现世生活的社会价值。道教是对道家思想的宗教化延伸，追求人与自然的和谐统一，尊崇人的价值，追求修身养性达到"真人"的人格境界并最终成为"仙人"，在行为准则上讲究"无知""无为""无欲""无情"，希望回归"本心"状态，经常以婴儿作为理想道德人格，"我独泊兮其未兆，如婴儿之未孩""常德不离，复归于婴儿"（《老子》二十章、二十八章），要求人以"修真成仙"为最终目标，跳脱轮回，看淡功

[①] 洪修平：《论儒道佛三教人生哲学的异同与互补》，《社会科学战线》，2003年第05期。

名利禄，顺从天道、不受规范礼教左右，遵从"人法地，地法天，天法道，道法自然"的思想，最终成就"大道"，跳脱生死，获得超越肉身的精神自由。佛教从印度传入中国，将现世的人生看作是经历各种苦难的过程，鼓励多做善事，通过报应轮回，追寻来世的幸福，期望经过佛法修行，救人自救、解脱苦难，最终达到涅槃寂灭的境界。佛教主要关注的是解脱人生的苦难，拯救在苦海中挣扎的人。要求人们超越名利，看破红尘，大慈大悲、普度众生。

在中国，儒道佛成为一种统一共存的文化，儒道互补，开辟"穷则独善其身，达则兼济天下""天下有道则现，无道则隐"的人生道路。中国化了的禅宗佛教讲究"出世不离人世"，强调每个人的自度，突出自我主体意义，将俗世生活赋予佛教意义，受传统文化重视现世意义的影响，将"出世"作为最终目标的前提下，以"入世"作为手段，与儒、道融合互补，得以在中国文化中更广泛地传播。

一、汪曾祺作品中的"儒道佛"

汪曾祺深受中国传统文化影响，他曾经表示自己受到儒家思想的影响最多："中国人必须会接受中国传统思想和文化的影响。我接受了什么影响？比较起来，我还是接受儒家的思想多一些。"[①]汪曾祺的很多作品中，都体现了儒家所推崇的仁和义精神，《徙》中的高北溟，身处乱世却正直清高，尽己所能教书育人，为了给恩师刻印著作，甚至牺牲了爱女的前程。《大淖记事》中的锡匠，为了十一子打抱不平，聚众顶香请愿，迫使县政府出面主持公道，最终驱逐了刘号长，刘号长在民间公意的力量面前，灰溜溜地避走他乡。大淖里的大娘大婶

---

① 汪曾祺：《我是一个中国人》，《汪曾祺全集》第三卷，北京：北京师范大学出版社，1998年版，第301页。

父老乡亲，杀了下蛋的老母鸡，出钱出力，帮助巧云、十一子渡过难关，乡亲们都为这两个年轻人骄傲。《钓鱼的医生》中的王淡人医生，在发大水的时候，冒着生命危险去孤岛上治病救人，免费给抽大烟的落魄乡邻治病，慷慨解囊，不计报酬。《故里三陈》中的陈泥鳅，捞死人讨价还价，救活人却甘冒生命危险，甚至自掏腰包周济老人。《岁寒三友》中以儒家文化中君子意向的典型代表"松竹梅"岁寒三君子为名，比喻王瘦吾、陶虎臣和靳彝甫三人，相濡以沫，于乱世困顿中互相扶持，甘苦与共的真挚感情，这些乱世中的君子，有些是乡绅秀才，有些目不识丁，却都有急公好义，仁义为上的高贵品格，汪曾祺在不同的作品中，反复赞扬着平凡人的仁义之举，表现了对儒家"仁爱"精神的认同和推崇。

汪曾祺的作品中，也体现了道家思想的影响。汪曾祺曾经说过："我追求的不是深刻，而是和谐。"[①]他的作品里，少有曲折情节和激烈的冲突，即使悲伤，也是淡的，汪曾祺并不是有意识地淡化主题，而是他的审美风格就偏向于平淡轻灵。他曾经说过，小说的结构就是"随便"，虽然是苦心经营的随便，但终归还是随便。他追求的，是散文化的语言，用白描的手法，达到自然的意境，而人物的内心，作者是没有权力去过多挖掘的。这种和谐的境界，正是道家"法天贵真""道法自然"精神的审美体现。这种思想要求反映人的本性，表现人的真实情感，不加虚饰和压抑。[②]在汪曾祺作品中，有不少人物都有受道家思想文化影响的痕迹，《鉴赏家》中的大画家季陶民避世独居，置政商名流于不顾，有着浓厚的出世思想，但却专爱与果贩叶三结交，引为知己。《徙》中的举人谈甓渔，有教无类，学生

[①] 汪曾祺：《社会性·小说技巧》，《汪曾祺全集》第八卷，北京：北京师范大学出版社，1998年版，第60页。

[②] 吴兆路：《性灵派研究》，甘肃：甘肃教育出版社，2001年版，第39页。

中达官贵人无数，却于银钱之数一窍不通，每日随性所至，醉步蹒跚，与贩夫走卒高谈阔论，有种大洒脱的魏晋名士风范。还有《岁寒三友》的靳彝甫，只是一个普通的画师，但是活得有滋有味，养花种竹，赏玩田黄石章，旁骛众多，趣味高雅。《钓鱼的医生》中的王淡人，钓鱼的时候，酒一壶锅一口，现钓现烹，鲜鱼美酒，随性而至，兴尽而返，简直是姜太公钓鱼的潇洒境界。起身之后，钢蓝色的蜻蜓落在鱼竿上，有种庄周梦蝶的迷离意味。不只是知识分子，在汪曾祺笔下，乡民百姓也有着道家洒脱开阔，旷达怡然的精神境界。《收字纸的老人》中的老白，"粗茶淡饭，怡然自得。化纸之后，关门独坐。门外长流水，日长如小年。"① 这种物我两忘，超脱意识束缚，简直已臻化境，达到精神的绝对自由，接近道家追求的最高境界。

佛教思想，在汪曾祺作品中体现较多。有取材于佛门，或是直接反映佛堂生活的作品，如《庙与僧》《受戒》《仁慧》《复仇》《幽冥钟》《田螺姑娘》等，还有专门的佛教著作《释迦牟尼》。《复仇》是汪曾祺的早期作品，讲述复仇者终其一生为复仇而活，四处寻找杀父仇人，想要杀死他报仇雪恨，最后复仇者在庙里寻找到已经做了和尚的仇人，却在刹那间顿悟，最终放下仇恨，煎熬了一生的灵魂得到释放，达到心灵上的自由与解脱。汪曾祺承认：这个短篇小说，是不自觉受佛教"冤亲平等"的思想的影响。② 冤亲平等心是佛教七种忏悔心之一，要求对待一切众生，无冤无亲，同起慈悲无彼我之相，平等救度。也就是对待仇敌和对待父母一视同仁，以德报怨，做到真正的大慈悲心，在修行上才能更进一步，度人度己。《幽冥钟》讲述

---

① 汪曾祺：《故人往事·收字纸的老人》，《汪曾祺全集》第二卷，北京：北京师范大学出版社，1998年，第166页。
② 金实秋：《佛教于汪曾祺作品》，《出版广角》，1999年01期。

的是汪曾祺故乡寒山寺的夜班幽冥钟。这种钟是地藏王菩萨为了难产而死,在地狱最深处挣扎的女鬼而敲响的。夜班幽冥钟敲响的时候,苦难的灵魂就会得到救赎。在《幽冥钟》里,汪曾祺提到观世音菩萨和地藏王菩萨,观世音菩萨救苦救难大慈大悲,地藏王菩萨救助天上以至地狱一切众生。文章的末尾,汪曾祺希望幽冥钟声"飞出承天寺"用佛教救苦救难的愿景去解救受苦难的女性们,钟声带着光亮和希望,为所有苦厄中挣扎的灵魂带去温暖和解脱。《释迦牟尼》是一部普及性的佛学著作,浅显易懂地概括了佛陀释迦牟尼的一生经历,这部著作中涉及大量的佛经典籍,为了写这部著作汪曾祺不仅自己阅读了大量的佛经,还请夫人施松卿翻译了一些国外的相关佛教资料供他参考。这部作品显示出汪曾祺对佛教文化研究的深厚功底。汪曾祺的不少作品,虽没有直接涉及佛教主题,但却有着几分禅宗的气息,那种空灵的境界,追求"淡"的意境,诗词中机锋闪现的灵光,都能让人感悟到汪曾祺的创作源泉来自佛教文化的滋润。

汪曾祺与佛一向是有缘的:他的祖父母和继母都是佛教徒,自己的保姆大莲子也信佛;自己也曾寄名庙里,起过法号"海鳌";他家里经常做法事,作为长子经常要去磕头;在去西南联大读书的路上,他还受到一位善心僧人的接济;汪曾祺最喜欢的一方田黄印章是一位嘉兴寺的和尚所赠;台湾的星云大师也曾与其有过交往;汪曾祺还曾经写过一本普及性的佛教专著《释迦牟尼》,行文考究,引经据典,讲述释迦牟尼的一生。虽然一生与佛有缘,但是汪曾祺却并不拘泥于清规戒律,这与高邮世俗化的佛教背景文化有关。

汪曾祺的代表作之一《受戒》,借佛家写俗世,故事背景取材于故乡高邮一座真实存在的佛教小庙。《受戒》文末写明是"四十三年前的一个梦"①,四十三年前的1937年,汪曾祺17岁,日寇逼近,占领江南,苏北危急,读高二的汪曾祺中断南菁中学的学业,辗转淮安中学等三家学校勉强完成中学学业,随着战火临近,汪曾祺随祖父和父亲来到离高邮城稍远的庵赵庄暂住避难,住了几个月②。庄里的小庵就是汪曾祺在《受戒》里写的菩提庵,名字是汪曾祺根据门上一副"一花一世界,三藐三菩提"对联起的。实际上这个小庵叫作慧园庵,至今还在离高邮二十多华里的庵赵庄,基本格局还是维持《受戒》中描写的样子,庵里有一位头顶烧着戒疤的"当家和尚"。如今的慧园庵依旧和《受戒》里八十年前明海生活的荸荠庵场景一样,门口一条大河,进庙门是一尊弥勒佛,天井和银杏树也依旧如故③。汪曾祺曾经说过:他在这乡下的小庵里住过几个月,就住在小说里写"一花一世界"的那几间小屋里。他那时也就是明海那样的年龄,十七八岁。那时庵里人的生活,也就是他所写的那样。那个庄是叫庵赵庄④。1946年,汪曾祺写过一个短篇小说《庙与僧》,庙里有三位师父:黄而胖的大当家、有媳妇的二师父和会飞铙唱曲的三师父,也有那么一副"一花一世界"的对联在庙门上,文中所写,八九年前曾住过一段时间⑤,即1937年左右,也就和《受戒》中的菩提庵一样,原型都是庵赵庄的慧园庵,可以看作是《受戒》的预告篇。

《受戒》中,明海要去善因寺受戒,在头上烧戒疤,善因寺是全县第一座大庙,对面是一条水很深的护城河,三面是大树,寺在树林

---

① 汪曾祺:《受戒》,《汪曾祺全集》第一卷,北京:北京师范大学出版社,1998年版,第343页。

② 施行主编:《汪曾祺文学阅读词典》,北京:作家出版社,2014年版,第381页。

③ 维儒:《寻访庵赵庄》,《扬州日报》2012年7月26日,T3版。

④ 汪曾祺:《关于受戒》,陆建华、刘金鳌主编:《梦故乡——汪曾祺笔下的高邮》,江苏:高邮市文联,1999年版,第548页。

⑤ 汪曾祺:《庙与僧》,《汪曾祺全集》第一卷,北京:北京师范大学出版社,1998年版,第70页。

子里，许多和尚都要去那里受戒，"领一张和尚的合格文凭"。根据县志记载，真实的高邮善因寺是清中叶之后高邮历史上著名的八大寺之一，位于护城河边，古柏参天，内有花园。在1938年春，正是汪曾祺在慧园庵避难的那几个月，佛教协会在善因寺开办僧伽训练班，学员为各寺庙18至30岁的青年僧人，训期约50天。同年3月放戒，受戒僧尼200多人①。这就是明海去受戒的法事盛会原型。汪曾祺把在庵赵庄暂避的小庙和僧人，还有善因寺的放戒盛会，全部融进年少时的梦里，在四十三年后写成《受戒》，成就了他文学著作的高峰。

　　高邮当地的佛教虽然兴盛，但是谈不上戒律森严，《受戒》中善因寺的方丈石桥和尚穿绣花衣服，娶小老婆，汪曾祺证实：石桥确实是有那么个人的，相貌堂堂、衣履讲究，连小老婆也是有的，"我们还常走过门外，去看他的小老婆，长得像一穗兰花"②《受戒》里的荸荠庵，杀猪吃肉、赌牌唱曲，清规是无所谓的，提也没人提，这并不是艺术夸张，在高邮，世俗化的佛教信仰是有民俗基础的，比如极乐庵，是高邮在1983年第一个开放的寺庙，按说应该是尼姑庵，可是一有法事的时候，和尚与尼姑同台进行，在殿中左右排开，出钱的施主在旁闲聊打牌，僧人受戒领度牒，属于佛教协会，但也娶妻，做和尚是一项职业，念经是一件工作，放焰口是一种表演仪式，这和荸荠庵里的故事有异曲同工之妙。对于这种世俗化的佛教信仰，汪曾祺谈道："有很多人说我是冲破宗教，我没这意思，和尚本来就不存在什么戒律，本来就很解放。很简单，做和尚是寻找一个职业。"③

---

　　① 王鹤、杨杰纂：《高邮县志》篇二十四《风俗》，江苏：江苏人民出版社，1991年版，第727页。

　　② 汪曾祺：《关于受戒》，陆建华、刘金鳌主编：《梦故乡——汪曾祺笔下的高邮》，江苏：高邮市文联，1999年版，第548页。

　　③ 汪曾祺：《作为抒情诗的散文化小说》，《汪曾祺全集》第八卷，北京：北京师范大学出版社，1998年版，第75页。

在高邮,庙与僧本来就是亲切和世俗化的,汪曾祺笔下佛教和世俗和谐统一,互不冲突,佛教给僧众信徒们带来的是俗世人生的饱暖安康,对于现世幸福的追求与佛门的清规戒律和谐共存,这种人与佛、情与戒的融洽相处,是在世俗化的佛教文化浸润下,对爱与生命的真实皈依。

二、汪曾祺作品中儒道佛思想的特异性

汪曾祺作品中所表现出来的儒道佛思想,迥异于传统概念里的儒道佛文化。儒家推崇"三纲五常"的教化思想,注重忠孝,认为孝悌是仁的根本:"孝悌也者,其为人之本"(《论语·学而》),儒家要求妇女"三从四德"有"存天理,灭人欲"的贞洁观念,讲"男女之大防",表现出以男权为中心的,非人性化的两性观念;追求群体价值和社会价值的实现。汪曾祺的作品中,虽然表现出对儒家仁义思想的推崇,但并没有受到礼教、功名、君臣父子等儒家思想的影响。汪曾祺曾经说过:"我不是从道理上,而是从思想上接受儒家思想的。我认为儒家是讲人情的,是一种富于人情味的思想。"[①] 汪曾祺回忆父亲的文章《多年父子成兄弟》,写与父亲相处的时光,父亲从不管制汪曾祺的自由发展,两人之间更像是朋友的相处模式,十分的平等民主,汪曾祺也是这样对待自己的孩子。这也是与儒家思想"君臣父子"的血亲等级观念区别极大的。《大淖记事》中的女人,像男人一样挑担子,自食其力,不在乎明媒正娶,男女关系自由,在丈夫之外,再"靠"一个也不是什么稀罕事,甚至敢脱光了下河洗澡。女主角巧云被刘号长破了身子,也并没有寻死觅活,这和儒教传统思想

---

① 汪曾祺:《我是一个中国人》,《汪曾祺全集》第三卷,北京:北京师范大学出版社,1998年版,第300页。

中，女人饿死事小，失节事大的观念毫不沾边。汪曾祺对这种不受礼教束缚女性的态度是赞许的，在《大淖记事》里他写到"到底是哪里的风气更好一些呢？难说。"①类似的女性角色在汪的作品中有不少，《小姨娘》《薛大娘》《小孃孃》《仁慧》《水蛇腰》，作品里的女性角色大都聪慧勇敢，勇于追求自己的幸福，解放天性，没有男女大防的概念，不受封建礼教束缚。《薛大娘》里面的薛大娘为小莲子和"油儿"们拉纤，主动和药店管事的欢好，什么也不图，为的是"他也快活，我也快活，有什么不好？"末尾写"薛大娘赤脚穿草鞋，十个脚趾头舒舒展展，无拘无束。这是一双健康的脚，因而是很美的脚。薛大娘身心都很健康。她的性格没有被扭曲，被压抑。这是一个彻底解放的自由的人。"②借写薛大娘一双穿着草鞋的赤足，赞扬解放天性，自由自在的人性之美和生命之美，这和儒教文化里男尊女卑、压迫女性的贞洁观念背道而驰。《小孃孃》中有血缘关系的小姑妈和侄子相爱，这在儒教思想中是寡廉鲜耻，违背人伦的罪孽，但是汪曾祺却把这对相濡以沫的恋人写得很唯美，文中的帖子可见汪曾祺的态度"管他什么大姑妈小姑妈，你只管花恋蝶蝶恋花，满城风雨人闲话，谁怕！倒不如远走天涯，赤条条来去无牵挂，倒大来潇洒。"③这个帖子出现后，这对恋人远走天涯，相依为命直到生命的尽头。这个帖子表达的是作者的态度，饱含着对这段禁忌感情的宽容，对超越血缘桎梏的，真挚的爱情的谅解，还有某种旷达狂傲跳脱世外的潇洒，这类颇有些惊世骇俗的恋情，是任何一个完全信奉传统儒教思想的文人不可能接

---

① 汪曾祺：《大淖记事》，《汪曾祺全集》第一卷，北京：北京师范大学出版社，1998年版，第422页。

② 汪曾祺：《薛大娘》，《汪曾祺全集》第二卷，北京：北京师范大学出版社，1998年版，第434、435页。

③ 汪曾祺：《小孃孃》，《汪曾祺全集》第二卷，北京：北京师范大学出版社，1998年，第468页。

受的。

汪曾祺的审美取向，也并非全盘接受传统道家思想影响。最明显的就是汪曾祺作品中的烟火气和道家出世思想的矛盾。道家思想追求个人精神的绝对自由，道教更是把羽化飞仙作为修炼的终极目标。汪曾祺的作品，虽然有着超然物外的境界，但并没有把脱离世俗生活当作人生目标，相反，汪曾祺作品中最为人称道的特色之一，就是其中浓重的人间烟火氛围。在许多作品里都有大篇幅关于风俗人情的描写，《大淖记事》超过总篇幅一半都在描写大淖的风土人情，《鸡鸭名家》《晚饭花》《小说三篇》《岁寒三友》，散文《看画》《泡茶馆》《人间草木》《故乡的元宵》等作品同样对乡土风情有着深情的描述，这种温暖世俗的人间烟火气，已成为汪曾祺创作的代表风格。《鸡鸭名家》中的桥头茶馆，人来人往，聚赌耍钱，贩夫走卒，吆五喝六，日用所需，应有尽有，"闲散无事人聚赌耍钱，推牌九时下旁注的比坐下拿牌的多，船从桥头过，远远就看到一堆兴奋忘形的人头人手。船过去，还听得吼叫"。《晚饭花》和《故乡的元宵》里对高邮元宵灯节的叙述，《小说三篇》里对求雨仪式的描写，所有这些作品里，汪曾祺都带着极大的热忱描写各地的民俗风情，他的目光，始终没有脱离尘世的热闹，正是因为这些充满市井色彩鲜活生命力的篇章，汪曾祺的小说才被称为风俗画小说。

汪曾祺的作品，虽然颇有禅意，却并没有照搬佛教思想。佛教思想中，人的生死轮回都是苦难，生老病死、喜怒哀乐都只是过眼云烟，只有最终超脱轮回，达到无死无生的涅槃境界，才能真正地脱离苦海，而在此过程中，需要摒除人与生俱来的一切欲望，通过持戒、禅定等修行方法在精神和肉体上皈依佛门。而在汪曾祺的作品中并没有佛教思想中无欲无求和心无杂念的追求，更没有克己持戒以达到精神涅槃的追求，佛教思想中无欲无求、心无杂念的清规戒律并不适用于汪曾祺的佛教题材作品,《受戒》里的和尚们毫无清规戒律之说,娶妻吃肉、打牌赌钱,兴致来了还能唱一段情歌。写的似乎是佛门生活,实际上是为了表现人性,为了肯定人的价值,赞美无法被压抑的人性之美。《仁慧》里的尼姑仁慧同样如此,她做素斋招揽生意,带领着尼姑们学习放焰口,活得充满生命力和创造力,身上带着与生俱来的香气,容颜不老。汪曾祺作品中的佛教人物,从来没有因为修行放弃对现世生活的热爱。不只是佛教题材的作品,汪曾祺所有的作品,始终带着对俗世生活的热爱和向往,津津有味地描写各地的风俗,市井百姓,家常美味,汪曾祺的审美趣味,或许有些禅意,却从来没有佛教文化中将俗世生活看成虚幻的表象,试图摆脱轮回,追求寂灭的意味。

三、高邮民间信仰对汪曾祺儒道佛思想的影响

汪曾祺受到传统儒道佛思想的影响,但又不是完全秉承传统规矩的文化思想理念,这与他的家乡高邮的民间宗教信仰有关。高邮的民间宗教中,道教传播最早,佛教对社会生活发生的影响最大。但是绝大部分信教者的动因都是疾病、家庭矛盾、精神空虚和家庭家族的传统等现实因素,信仰意识处于宗教感情层次上,对宗教的信仰与对鬼神的迷信往往混淆在一起。真正因思索人生,探寻历史,到宗教中寻求真善美而皈依神灵者极少。[①] 对民间信众来说,信仰具有功利化的目的,是为了获得现实的利益,只要能获得好处,不管是什么神,都可以求一求,拜一拜。除了佛教、道教,高邮旧时民间还有很多"俗信",崇拜日、月、动物、鬼神人物等,被崇拜信仰的对象具有天、

---

① 王鹤、杨杰纂:《高邮县志》篇二十四《风俗》,江苏:江苏人民出版社,1991年版,第707页。

神、人、合一的倾向①。这些俗信崇拜也都是出于浅显的、实用主义的目的。高邮的民间信仰属于混杂了道教、佛教和各种俗信的，出于现实主义功利目的的民间信仰。佛教、道教和各种俗信诸神全都在信奉之列，可以说是泛神崇拜。民间信仰往往与社会文化互相交织，求神拜佛和庙会赶集除了有宗教信仰的因素，还是重要的社会文化娱乐活动内容。寺庙、道观等宗教场所也是民间文化传播的聚集地，在扬州，就有文人长期借居寺庙的习俗。扬州八怪中的金农、郑板桥等都曾经住在寺院里。其中的高僧住持也大多喜文弄墨，与文人唱咏相和。②高邮也是如此，大寺庙的住持都具备一定的学识，在文化界有一定的地位。因此，寺庙道观等宗教场所也就成为高邮民间文化的重要活动场所。佛教拜忏、放焰口，道教摆道场、诵经礼拜，神偶出巡等活动，都会成为民间的节日庆典。高邮的民间宗教信仰和民间文化，已经融为一体，既受几千年来儒家传统文化影响，又受佛教道教和俗信混杂的多种因素影响，是一种世俗化的，以现实利益为驱动的民间信仰文化。

汪曾祺作品中的儒道佛思想，是受到高邮当地民间信仰文化的影响。从他自己的一首诗中，可以窥见一二："有何思想？实近儒家。人道其里，抒情其华。有何风格？兼容并纳。不今不古，文俗则雅"。③兼容并纳是汪曾祺的创作风格，他既没有儒家思想对于功名的渴求，也没有传统佛教和道教希望脱离苦海，出世独行，放弃现世生活的追求。他对于儒道佛的态度，是高邮民间信仰文化的集中体现，

---

① 王鹤、杨杰纂：《高邮县志》篇二十四《风俗》，江苏：江苏人民出版社，1991年版，第713页。

② 杨建华《明清扬州城市发展和空间形态研究》，博士学位论文，华南理工大学建筑历史系，2015年，第82页。

③ 汪曾祺：《我为什么写作》，《汪曾祺全集》第八卷，北京：北京师范大学出版社，1998年版，第55页。

儒家思想只取重感情的仁义一面，佛、道信仰则是带着一种娱乐甚至戏谑的态度融入俗世生活中，为的是解决实际问题，要为现实生活服务。

高邮当地的信仰文化特色，汪曾祺把握得非常准，除《受戒》等文外，以幼时保姆为原型的散文《大莲姐姐》里的主角保姆大莲子"不管什么庙，一屁股坐下就念阿弥陀佛，后来又和同善社、理教劝戒烟酒会一伙人混在一起。我们那里没有一贯道，如果有，她一定也会入一贯道的，她是什么都信的。"①以保姆大莲子为典型的什么都信的民众，是高邮民间信仰文化的缩影，是"只能想到要活着，而想不到为什么活着"②的一群人，汪曾祺的笔下，这类人不在少数，汪曾祺在描写这类人时，于哀戚中带着无奈的戏谑。《故里三陈》里的城隍庙会，人们蜂拥而至，喜气洋洋，迎"城隍"、看赛会，瓦匠陈四因踩高跷的绝活得以在庙会上出头露脸，一年之中只有在此时能摆脱小手艺人的身份，得到乡民的赞叹，成为庙会中必不可少的重要人物。

在汪曾祺的故乡高邮，对神明的崇拜是功利化的，参与宗教仪式亦是如此，庙会已经超越了神偶出游的本来意义，演变为一场民间狂欢，俄国文艺理论家、思想家巴赫金认为：由各种仪式——演出形式所组成的狂欢节，在官方世界的彼岸给人们提供了"第二个世界和第二种生活"。狂欢消解了俗世生活的沉重苦闷，人们得以超越阶级的差异，在狂欢的氛围下纵情享乐③。借由宗教仪式，城镇居民暂时抛掉生活的负累，在正当理由的遮蔽下，得以暂时停止日常生产和劳动，在这样的情境下，宗教仪式演变为一场狂欢庆典，借由对神明的

---

① 汪曾祺：《大莲姐姐》，《汪曾祺全集》第五卷，北京：北京师范大学出版社，1998年版，第405页。

② 汪曾祺：《市井小说选》序，《汪曾祺全集》第四卷，北京：北京师范大学出版社，1998年版，第236页。

③ 巴赫金：《巴赫金全集》，第五卷，河北：河北教育出版社，1998年，第161页。

崇拜，在日常生活中被压抑的情绪得到释放，琐碎平庸的日常生活被暂时隔绝在欢庆的气氛之外，阶层之间的界限在狂欢的气氛中被打破，苦难的现实困境在欢庆的氛围里淡化远去。

  汪曾祺深受高邮民间传统信仰熏陶，他希望能够"回到民族传统，回到现实主义"，汪曾祺儒道佛思想的闪光点在于对现实生活津津有味的描写，在于对平淡无奇的故里乡间充满童趣的回望，没有功名的压迫，没有前世的阴影，没有对来世的恐惧，唯一重要的，只是温暖的闲适人生。与此同时，他深知民间信仰荒谬和落后的部分，由于个人性格和生活经历，他没有落入废名那样感伤的境地，也没有如鲁迅般擎起愤怒的大旗，"谐谑于是成为他对现实世界逆反式的关照"[1]他只是用轻松平淡来表达看透世事后的一丝苍凉。用返璞归真的戏谑表达现实世界的无奈。

---

[1] 费振钟：《江南士风与江苏文学》，湖南：湖南教育出版社，1995年，第175页。

第二章 高邮民间文化对汪曾祺创作审美取向的影响

第二章 高邮民间文化对汪曾祺创作审美取向的影响

汪曾祺曾经谈过:"我的小说的背景是:我的家乡高邮、昆明、上海、北京、张家口。因为我在这几个地方住过。我的以这些不同地方为背景的小说大都受了一些这些地方的影响,风土人情、语言。"① 其实,不只是小说,汪曾祺所有类别的文学作品,基本都受到了地方文化的影响。汪曾祺本人并不同意将他的作品归于"乡土文学"的范畴,他表现在作品里的审美取向,始终带着民间意识的视角。汪曾祺曾表示过:"总的来说,我是有意识地要回到现实主义,回到民族传统。"② 陈思和先生将二十世纪中国文学划分为三个部分:"国家权力支持的意识形态,知识分子为主题的外来文化形态和保存中国民间社会的民间文化形态。"③ 也就是所谓的"庙堂、广场、民间"三大领域,其中的民间概念,包含两层面意义:"一是根据民间自在生活方式的向度,即来自中国传统农村的村落文化的方式和来自现代经济社会的世俗文化的方式,第二是作家虽然站在知识分子的传统立场上说话,但所表现的却是民间自在的生活状态和民间审美趣味,采取平等

---

① 汪曾祺:《汪曾祺自选集序》,《汪曾祺全集》第四卷,北京:北京师范大学出版社,1998年版,第93页。
② 汪曾祺:《回到现实主义,回到民族传统》,《汪曾祺全集》第三卷,北京:北京师范大学出版社,1998年版,第289页。
③ 陈思和:《民间的浮沉从抗战到文革文学史的一个解释》,《鸡鸣风雨》,上海:学林出版社,1994年版,第28页。

对话，使文学创作中充满了民间的意味。"[1] 汪曾祺的民间主题作品正是属于第二种：作家融入民间生活，带着知识分子兴致盎然的审美趣味，以平等的眼光描摹体察民间文化。二十世纪八十年代，汪曾祺文学作品中非功利化的主题、非典型性的人物，无法被束缚的美和人性，将丰富自由的民间文化再次带入主流视野，将长期处于被压抑、边缘化，或被政治话语渗透改造的复杂民间情态呈现出来，这种迥异于原本功利化的民间审美范式瞬时引起轰动。

汪曾祺的故乡高邮，一直是他作品中民间生活的重要灵感源泉之一，他的很多作品，都是描写旧时代的，他对于这个问题曾经有过回应：认为经历过三十年的旧社会，是定型的生活，可以看得比较准，对旧社会怎样想象概括都行，对新生活还达不到挥洒自如的程度[2]。这可以看作是历经政治运动风起云涌之后的一种自我保护，但其实也是他的肺腑之言，汪曾祺的作品中，感情最丰沛、最具感染力的主题，基本都在描述旧社会的民间生活，其中又以故乡高邮的民间往事最为动人。汪曾祺在高邮生活到十九岁，在他生命的萌芽期，高邮给予的影响无疑是巨大的，在离开家乡四十多年后，凭借着《受戒》等一系列描写故乡高邮民间生活的作品，汪曾祺达到了精神上的返乡。但是，仅把汪曾祺看作是一个固守民间经验写作的乡土作家，未免将他的审美取向简单化了。芝加哥学派的美国城市学家路易斯·沃斯提出"作为一种生活方式的都市生活"，将都市生活区别于乡村生活的基本特征，从精神个性、心理体验和社会组织形态等几方面概括，将都市生活上升为一种特殊的生活方式，而不只是地理边界[3]。民间的生活领

---

[1] 陈思和《民间的还原：文革后文学史某种走向的解释》，《鸡鸣风雨》，上海：学林出版社，1994年版，第73页。

[2] 汪曾祺：《回到现实主义，回到民族传统》，《汪曾祺全集》第三卷，北京：北京师范大学出版社，1998年版，第288页。

[3] 路易斯·沃斯：《作为一种生活方式的都市生活》，《都市文化研究》，2007年第01期。

域,也是如此。汪曾祺在故乡高邮的民间生存体验,是民间文化的具体表现,高邮的民间文化对汪曾祺的心理体验、精神个性都有着显而易见的影响,汪曾祺的文学作品,无处不彰显着作者的富有个性的审美情趣,这种难以言说的独特魅力,也许正是来源于高邮民间文化的精神内涵影响。

第一节

汪曾祺作品中的女性意向与高邮婚恋文化

一、汪曾祺作品中的女性形象

汪曾祺笔下的女性,一直是他作品里的一抹亮色。《受戒》中的小英子、《大淖记事》中的巧云,都代表了桃源生活中最纯真的美丽,除了小英子和巧云,汪曾祺还创作了一系列以女性形象为中心的作品:《仁慧》《薛大娘》《小嬢嬢》《小姨娘》《水蛇腰》《名士和狐仙》《晚饭花》《忧郁症》《窥浴》《寂寞和温暖》《辜家豆腐店的女儿》等,这些作品中的女性形象,可以大致归纳为三类。

第一类是以《受戒》中的小英子和《大淖记事》中的巧云为代表的,美丽纯真的少女形象。这类女性处于儿童和成人之间,童真褪去,蒙昧未消,清丽绝伦而又自然娇憨。《大淖记事》中描写巧云"长成一朵花。瓜子脸,一边有个很深的酒窝。眉毛黑如鸦翅,长入鬓角。眼角有点吊,是一双凤眼。睫毛很长,因此显得眼睛经常是眯缝着；忽然回头，睁得大大的，带点吃惊而专注的神情，好像听到远处有人叫她似的"。① 《受戒》中的小英子"白眼珠鸭蛋青，黑眼珠棋子黑，定神时如清水，闪动时像星星"。② 小英子赤脚走在水田里，在田埂上留下的一串小脚印，搞乱了小和尚明海的心。这类女性充满少女的魅力，但又有着未被世俗浸染的纯真，她们生活在大淖和荸荠庵这样的桃源仙境里，远离俗世纷扰，活泼纯真、天生天养、无忧无虑，与美好的自然环境和谐地融会在一起，她们给人带来的是纯粹的美感体验，撩动人心底最柔软纯真的情感。汪曾祺描写的这类女性，是自然和纯真的精灵，是和谐与美丽的象征。

第二类是仁慧（《仁慧》）、薛大娘（《薛大娘》）、章叔芳（《小姨娘》）、小莲子（《名士和狐仙》）、虞芳（《窥浴》），还有大淖里的姑娘媳妇（《大淖记事》）等为代表的一类女性形象。薛大娘不仅为别人拉纤，还主动和看上的男人欢好，认为天经地义，面对老姐妹的劝阻③，她毫不避讳"不图什么，我喜欢他，我让他快活快活，我也快活，这有什么不对？有什么不好？"小姨娘章叔芳爱上包打听的儿子宗毓琳，两人私下欢好被发现，父亲勃然大怒，让她罚跪，"小姨娘直挺挺地跪在大厅里，不哭，不流一滴眼泪，眼睛很黑、很大"。④ 章叔芳头也不回，走出家门，与爱人远走他乡。《名士和狐仙》里的小莲子，本是婢女，后嫁与杨渔隐做续弦，与杨举案齐眉，琴瑟和谐，在杨渔隐去世后飘然远去，只余泥金扇子一把，留与后人评说。尼姑仁慧，

---

① 汪曾祺：《大淖记事》，《汪曾祺全集》第一卷，北京：北京师范大学出版社，1998年版，第423页。

② 汪曾祺：《受戒》，《汪曾祺全集》第一卷，北京：北京师范大学出版社，1998年版，第332页。

③ 汪曾祺：《薛大娘》，《汪曾祺全集》第二卷，北京：北京师范大学出版社，1998年版，第433页。

④ 汪曾祺：《小姨娘》，《汪曾祺全集》第二卷，北京：北京师范大学出版社，1998年版，第361页。

第二章　高邮民间文化对汪曾祺创作审美取向的影响

兰心蕙质,修缮寺庙,广结善缘,做素斋,放焰口。云游四海,活得气度不凡,自在潇洒。还有大淖里的大姑娘小媳妇,头戴鲜花挑担子,自食其力,敢于脱光了下河洗澡,"情愿"是她们唯一的男欢女爱准则。《窥浴》里的音乐教师虞芳,坦荡而温柔地向敏感的才子岑明展示女性的胴体"她们身上有没有音乐?你想看女人,来看我吧,我让你看。"①这一类型的女性,成熟富有魅力,大胆、奔放、热烈、自我、开放,不受制于封建礼教,敢于反抗陈规陋俗,在两性关系上趋于主动。这类女性,是混沌尘世中的一抹亮色。与第一类小英子式的纯真少女形象不同,她们所处的不再是纤毫不染的桃花源地,而是刻板虚伪的礼教人家、是喧闹琐碎的市井人家,是卑下流俗的无奈尘世。但是她们以勇敢热烈的行动反抗所有的压迫,撕开沉闷的现实,为爱人也为自己,带来人生的救赎。

第三类是孙淑芸(《晚饭花》)、王玉英(《晚饭花》)、谢淑媛(《小孃孃》)、裴云锦(《忧郁症》)、辜家女儿(《辜家豆腐店的女儿》)等一类受到封建礼教压迫的女性形象。孙淑芸守寡后在床上躺了十年,抑郁而终。她房里陪嫁的珠子灯,本来象征着吉祥、幸福和希望,却在孙淑芸守寡后,再没亮起过,随着她年轻的生命一同腐朽,滴滴答答散落一地。美丽的王玉英和红花、绿叶一起,组成少年李小龙每日看的一幅画,王玉英要嫁给浪荡的钱老五,她对不幸的未来没有自觉,依旧充满幻想,少年李小龙只能眼睁睁看着她迈入不幸的人生。谢淑媛和侄子相爱,却依旧无法摆脱内心的枷锁,在矛盾和冲突中纠结,最后死去。裴云锦,一个如林黛玉般的美人,苦苦支撑着败落的婆家和娘家,三年不孕,内外交困,以致抑郁,最后身着嫁衣,吊死在床头的栏杆上。辜家的女儿被生活所迫,委身于大德生米

---

① 汪曾祺:《窥浴》,《汪曾祺全集》第二卷,北京:北京师范大学出版社,1998年版,第443页。

厂王老板父子，她真正喜欢的是米厂家的二儿子，她向心上人求欢被拒绝，在心上人结婚的日子号啕大哭，之后继续面对惨淡绝望的人生。这类女性大多命途多舛，被礼教、世俗和传统捆绑压榨，有些是被贫困的生活所迫，有些是受到传统腐朽观念的束缚。她们温顺、善良，不敢也不能抗争，甚至没有过抗争的念头，一生遵从封建观念的桎梏，为了家人出卖自己，或是为了虚无的名声守贞至死。

这三类女性，是汪曾祺作品中女性形象的三类典型，无论哪类女性形象，她们的命运和性格都和她们的恋爱婚姻密不可分，她们迥然不同的个性也可从她们的婚恋故事里得到体现。这些女性形象来源于汪曾祺的家乡高邮，她们的婚恋态度，体现了高邮的婚恋文化。

二、高邮的婚恋文化与汪曾祺作品中的女性

高邮历史悠久，是文化名城，礼仪之都。婚嫁规矩也很多。汪曾祺少年时代的高邮，婚恋文化相对守旧。旧时婚俗烦琐，青年婚嫁须有"三媒六证"，父母之命，媒妁之言，讲究门当户对，男婚女嫁全凭父母做主①。相亲、定亲、嫁娶都有一套烦琐的规定程序，女性要听从父母之命，不得私订终身。旧时高邮对女子十分歧视，因此婚嫁中也有浓厚的"男尊女卑"封建思想。金钱色彩较为浓厚，订金、酒水钱、喜封子，各种花费不计其数。因为儿子结婚花费过高，债台高筑，嫁女儿时候就索要聘礼，把女儿当作商品②。这和当时扬州的风气类似，女性在婚姻中没有自主权，只能听从父母安排，甚至沦为货品被出售。扬州一直有穷人家的幼女被买卖豢养，卖给富裕人家做妾的风俗，又称扬州瘦马，《大淖记事》里巧云的母亲就是大户人家

---

① 夏正祥：《点击高邮》，扬州：凤凰出版社，2009年版，第92—93页。
② 王鹤、杨杰纂：《高邮县志》篇二十四《风俗》，江苏：江苏人民出版社，1991年，第697页。

的逃妾。清末民初,虽然战乱不断,但是苏北婚嫁论财的风气依旧盛行,女儿出嫁要陪送高额聘礼,男方家也要出彩礼,这也催生了穷苦人家负担不起女儿的出嫁费用,索性将女儿卖掉,换取钱财的情况。在当时,贞洁观念和男尊女卑的观念依旧是主流,丈夫死后女子以守寡为荣,男子却能三妻四妾。书香门第十分看重女子的贞洁,男女大防,绝不能私相授受。同时出于延续香火和养育劳动力的目的,重男轻女现象十分严重①。高邮的著名传说,"秦邮八景"之一的"露筋晓月"体现了古时高邮重视贞操更甚于生命,封建保守的传统礼教观念。"露筋晓月"的传说讲的是姑嫂二人赶夜路,嫂子宁可在野外露宿,被蚊子吸血而死,也不愿去附近庙里投宿,唯恐被人诟病有失贞洁的故事。高邮还立了"露筋祠"来赞颂这样愚昧的贞操观念。汪曾祺在《露筋晓月》一文中痛斥这样的封建价值观:"秦邮八景"中我最不感兴趣的就是"露筋晓月",我认为这是对我家乡的侮辱。这是哪个全无心肝的街道之士编造出来的一个残酷惨厉的故事!这比"饿死事小,失节事大"还要灭绝人性②。可以看出,汪曾祺对压迫妇女,灭绝人性的封建贞操观是旗帜鲜明地反对和厌恶的。

虽然当时高邮的婚恋文化趋于保守,但是没有被封建礼教覆盖的"化外之地"还保留着一些纯真。《大淖记事》中的大淖,就是汪曾祺根据高邮真实的大淖风俗写就,其生活中的挑夫走卒,活得恣意潇洒,凭个人的意愿婚配相好,没有礼教的包袱,汪曾祺在《〈大淖记事〉是怎样写出来的》一文中曾说明:只有在这样的环境里,才有可能出现这样的人和事③。汪曾祺曾经短暂生活过的庵赵庄,在远离县

---

① 宋立永:《清代苏北运河沿岸婚俗变迁研究》,湘潭大学硕士学位论文,2015年,第82页。
② 汪曾祺:《露筋晓月》,陆建华、刘金鳌主编:《梦故乡——汪曾祺笔下的高邮》,江苏:高邮市文联,1999年版,第389页。
③ 汪曾祺:《〈大淖记事〉是怎样写出来的》,陆建华、刘金鳌主编:《梦故乡——汪曾祺笔下的高邮》,江苏:高邮市文联,1999年版,第557页。

城的水乡里，交通不便故而更像是一处未被世俗污染的化外桃源，在那里汪曾祺有机会和农村姑娘大英子短暂相处，她和城里的女孩子迥然不同，"她的全身，都散发着一种青春的气息"。①大淖和乡村这样的地方，婚恋风气较城里更为原始淳朴，青年男女的感情更为奔放自由，与高邮的"城市街里"形成较大的反差。

按照缪勒·利尔（Muller·Lyer）划分的三个阶段的婚姻史②，高邮的城市主流婚恋文化处于第二阶段：以雇佣和市场、嫁妆形式表现的家庭主义婚姻时期。在较为偏远的大淖和乡下之类的地方，反而表现出以自愿婚配，或者说自由择偶为主的个人主义第三阶段婚姻。汪曾祺笔下的三类女性形象，第一类以小英子、巧云为代表的纯真少女形象，是受到高邮乡下淳朴的婚恋文化熏陶，在田园牧歌，两小无猜的环境下成长，受自在蓬勃的生命力驱使，以自由择偶为主的婚恋文化所影响。第二类以薛大娘等为代表的女性形象，大胆热烈，不受礼教束缚，与第三类以孙淑芸、裴云锦等为代表，受困于腐朽的封建陈规，沦为落后婚恋文化祭品的女性，互为反映高邮保守陈旧的婚恋文化的一体两面。汪曾祺生长在高邮，深知当时高邮落后的婚恋习俗对女性的迫害，他在作品里塑造了反其道而行之，不受礼教观念困扰，大胆开放，自我热烈，追求爱情的一类女性形象，也写出了那些深受传统婚恋文化束缚，温柔怯懦，缺乏自主意识，耗尽青春和活力，沦为牺牲品的传统女性的悲剧。同样是面对束缚、压迫女性的婚恋文化习俗，反抗的女性挣脱桎梏，得到天性的解放，顺从的女性受到压迫，含恨终身，结局凄惨。这两种女性在性格命运上的对比，更加显示出高邮传统婚恋文化反人性的残忍落后。

---

① 汪曾祺：《关于受戒》，陆建华、刘金鳌主编：《梦故乡——汪曾祺笔下的高邮》，江苏：高邮市文联，1999年版，第548页。

② 缪勒·利尔：《婚姻进化史》，北京：商务印书馆，1993年版，第234页。

三、汪曾祺的女性意象与阿尼玛原型

费振钟在《江南士风与江苏文学》一书中,将汪曾祺作品《寂寞与温暖》中的女性主角沈沅看作是汪曾祺以自己经历为原型的自画像。认为在汪曾祺的写作中,"确实察觉到一种以女性为人生替补求得精神解救的历史情绪。"[①] 费振钟认为这种以女性自比的审美取向来自于江南文人的历史传承,中国士人失意后总是喜欢将自己扮成柔弱女子,从秦少游到汪曾祺均如是。这种推论也符合心理学家荣格的阿尼玛原型分析理论。

按照荣格的阿尼玛原型分析理论,汪曾祺作品中的几类女性形象所具有的鲜明特征,正是作者本人潜藏的阿尼玛原型,也就是汪曾祺的女性人格部分,同时也是他对女性一般特征的意象,也就是汪曾祺的女性原型。作者将自身投射在女性角色上,无论是有意为之或是下意识之举,都不仅只是一种地域性的特色,也是一种潜藏在全体男性人格中的集体无意识。同时,高邮婚恋文化对女性的束缚也不仅只作用于女性本身,同样也对男性作家的潜意识起到潜移默化的作用。

阿尼玛在拉丁文中是"灵魂"的意思,心理学家荣格认为阿尼玛是两个原型形象之一(另一个是阿尼姆斯),属于个体意识,同时又根植于集体无意识里。阿尼玛是女性原型,潜藏在男性个体心灵中,是与生俱来的女性集体意象,阿尼玛的运作方式是与外显人格相互补偿。也就是说,阿尼玛是男性身上潜藏的女性特质,是构建男人心灵结构的基础材料。需要注意的是,阿尼玛是一种心灵的真实性,而并非具象实体。男性的显性心理结构的意识自我认同为阳性,阴性的一面就成为潜在的无意识,构成了阿尼玛意象。荣格认为:"根据深度的心理学研究,心灵自发的、神话创造中产生的意象和形象,不应该

---

① 费振钟:《江南士风与江苏文学》,湖南:湖南教育出版社,1995年版,第247页。

被理解为只是纯粹的对外在客观现象的复制和解释。它们也是内在心理事实的表达。"① 阿尼玛意象充满心理能量,它能够从情感和情绪上掌控男人,被阿尼玛投射的意象因此具有磁铁般的吸引力,此类契合男人内在阿尼玛意象的人,对他来说显得极其有魅力,或者相反,特别使他厌恶,好比磁铁两极之间的吸引或者排斥。

汪曾祺的作品中的第一类女性,原始、单纯、自然的少女,是他花甲之年写下的四十三年前的梦,那个时期吸引他的女孩所具有的特质也是汪曾祺少年时自我的阿尼玛原型投射,反射出汪曾祺童真、清纯、如露水般透亮的少年之心。作品中第二类女性形象,充满生命与欲望的原始力量,热烈、不可控制、充满勃发的自由生命力;第三类女性形象,是顺从的、被侮辱、损害的女性形象,有着浓厚的沉痛意味,后两类女性形象的塑造,反射出这个时期汪曾祺自身希望反抗压迫、呼唤人性解放的自我投射。在故乡高邮旧时的陈规陋习下,是突破自我,不再被束缚,天性得到解放;还是继续墨守成规,堕入永无天日的绝望。汪曾祺曾说过,《受戒》《大淖记事》"是在摆脱长期的捆绑的情况下写出来的。可以感觉到我的鸢飞鱼跃似的快乐。"②这是他二十世纪八十年代重新写作的真实心态写照,他那时只想要写得很美,很健康,富有诗意,表现出的是他回忆里少年时期的纯真的自我。二十世纪九十年代开始,随着社会风气和文化氛围的进一步放松,汪曾祺自我意识也有更加厚实的沉淀,反思更加深入,感情更加平实,更愿意面对冷峻的现实,表达的不仅是骤然挣脱捆绑后,少年般轻灵跳脱的思绪,更是进一步挖掘内心,借由作品中女性意象的塑造,呼喊出不愿再被束缚、压迫的深层情绪。

---

① 荣格:《原型与原型意象·荣格文集》,吉林:长春出版社,2014年版,第145页。
② 汪曾祺:《认识到的和没有认识的自己》,《汪曾祺全集》第四卷,北京:北京师范大学出版社,1998年版,第297页。

第二节

高邮民歌和汪曾祺的语言风格

一、高邮民歌的艺术特点

2007年10月,中国民间文艺家协会正式授予高邮中国民歌之乡的称号,高邮也因此成为全国唯一的中国民歌之乡。2008年,高邮民歌经国务院批准,列入第二批国家级非物质文化遗产名录。高邮民歌有着悠久的历史,源自远古时期里下河地区,由聚居在高邮湖附近的人类生产劳动时创作的劳动号子衍生而来,最早可以上溯到古代"驱傩"时的仪式歌。高邮民歌演化至今,已经分为小调、情歌、号子、儿歌、对歌等。隋、唐、两宋时期,经济文化发展,高邮成为南北移民最集中的地区,移民的到来使得民歌的融汇交流更为顺畅。元代和明代开始,各种诗词歌赋中开始出现对高邮民歌的吟诵。元明诗人胡俨《盂城八景》之二"只今一片靡芜绿,时有渔歌闻扣船",明代诗人杨士奇《高邮》诗中亦有"草舍津头布,菱歌柳外船",明代举人张旭有专门写高邮民歌的《高邮渔唱》"琼花赏罢过盂城,欸乃歌声满钓汀。鸥鹭不惊波浪息,鱼龙将出水云腥。菱荷雨后腔尤润,杨柳风前调更清。自是客星当共北,莫劳物色又宁馨。"[1] 高邮的插秧号子《西凉月》取材于明代冯梦龙的《挂枝儿》。清代在高邮做过幕宾的蒲松龄也受到高邮民歌影响,记录、创作出《倒扳桨》《叠断桥》等曲调,收录于"蒲松龄俚曲"中,至今同名民歌仍在高邮流传。民歌成为民间与文学的桥梁,这些文人墨客,有着高邮民间生活的经历,了

---

[1] 夏正祥:《点击高邮》,南京:凤凰出版社,2009年版,第191页。

解劳动人民的喜怒哀乐，心理诉求，亲耳听到表现民间喜乐疾苦的情歌小调，劳动号子，直观感受到高邮民歌独特的艺术魅力，自发记录下这些源远流长的民歌曲调，文人笔墨的加工润色，使得高邮民歌在保持原始风貌的同时，更加优美动人，含义深远。

　　高邮的民歌不仅历史悠久，还具有浓重的地方特色。高邮紧邻扬州市，京杭大运河在域内流通，属于江苏南北交会之地，文化也受南北方同时影响。高邮本地的方言属于江淮方言区，但是由于地处北方与南方吴语区的过渡地带，因此高邮民歌有南北民歌交会而成的特点。苏南的民歌是吴侬软语，更为妩媚婉转，音调纤柔，苏北的民歌更偏向北方民歌的语调和音色，较为旷达欢快，曲调热烈。而高邮的民歌融合了苏南、北的两方面特点，婉转而活泼，甜美且爽朗，既有江南水乡的水调清越，也有北方辽阔的意境悠远，总体而言更加质朴纯真，意随心动，自然天成。高邮的民歌曲调起伏较大，一首歌中应用的音阶较多，跳跃式的音阶较常出现，如高邮民歌《高邮西北乡》和《五句半·望望槐花几时开》都有此特点，音阶变换的同时叙述角度也有变化，使得旋律丰满，又有股耿直的意味。高邮的语言特色也是高邮民歌风格形成的关键因素，高邮话属于江淮方言，既没有北方话的"侉劲儿"，也不会像吴侬软语么的"嗲"，前后鼻音不分，仄声词较多，因此体现在民歌词曲中，就表现出一股泼辣爽朗的高邮里下河特色腔调，在歌词的最后一句或是叠音中，有改变读音的习惯，便于押韵，多加入各种拟声词和语气词，如高邮民歌《数鸭蛋》，"一只鸭子一张嘴哪，两只那个眼睛两条腿，走起路来两边摆哪，扑通那个一声跳下水。呱呱，咦喷喷来，咦喷喷来，呱来呱去来戏水哪，咦喷喷来，咦喷喷来。"[①]里面有模仿鸭子的"呱呱"和赶鸭时的呼唤声

[①] 夏正祥：《点击高邮》，南京：凤凰出版社，2009年版，第192页。

"咦喷喷来"诙谐风趣,兴致盎然,有种浓厚的乡土气息。

民歌与当地的乡土民俗密不可分,高邮民歌亦如此,民歌的内容围绕生产劳作,风土人情、乡镇礼俗、男欢女爱等。如高邮民歌中著名的一首《数鸭蛋》,已经在高邮流传了200多年,高邮盛产鸭子鸭蛋,这首小调是放鸭人数鸭蛋时的放鸭号子,歌词中加入的鸭子叫声和呼唤鸭子的声音反复出现,令人忍俊不禁,整个歌曲谐趣横生,活泼明快,生动再现高邮人民的劳动风景。高邮的民歌题材多样,形式活泼,充满了高邮特有的水乡文化韵味,不少曲调都是劳动号子演变而来,因为水乡物产丰富,农忙时体力要求不是很高,生产劳动时强度不是很大,因此劳动时所唱的号子,不用特别强调节奏,不是特别强调鼓舞士气的作用,因此并非高强度劳作号子那么的铿锵有力,水乡的柔情也渗透到劳动号子里,悠扬柔美的抒情旋律经常出现,如插秧号子《隔趟栽》,本来是高邮本地栽秧时唱的劳动号子,经过演化,歌曲中加入人情哀乐,情思惆怅,或者索性就地取材,即兴编词,随性而为。

高邮民歌随历史进程不断演变,民歌记录的是人民的生产劳动方式,是民风民俗的真实缩影,是广大百姓真实情感的再现。高邮本地的方言土语,风俗民情构成了高邮民歌特有的旋律和歌词,高邮民歌独特的风格蕴藏着高邮的风土人情,历史变迁,只有对民歌出现演变的历史人文,地域特点全面考察,才能更好地理解高邮民歌的原始风味,将民歌放入地域文化独特性的研究中,还原高邮历史文化背景的同时进一步传承和发展高邮独具特色的地域文化。

二、汪曾祺语言风格的民歌影响

汪曾祺极其重视文学语言,多次强调语言对于文学的意义,在

《林斤澜的矮凳桥》和《中国文学的语言问题》等多篇文章里都反复提到"写小说就是写语言",他认为"文学是语言的艺术,离开语言就没有文学"。①汪曾祺认为,语言是作品最重要的组成部分,是作家个人气质的集中体现,作品的语言表现了作家的文学风格。文学语言包括文字的颜色、形象、声音,"语言本身是艺术,不只是工具"②语言,在汪曾祺的文学思想里,被反复强调,重要性提高到结构之上,结构只是"随便",或是"苦心经营的随便"③。汪曾祺重视语言的韵律美,声音美,他认为文字不只能表达颜色和形象,还能传达声音的想象。小说的语言不仅是视觉语言,也有声音意象。因为"人的感觉是相通的。声音美是语言美的很重要的因素。一个有文学修养的人,对文字训练有素的人,是会直接从字上'看'出它的声音的。中国语言因为有'调',即'四声',所以特别富有音乐性"。④他认为中国语言有四声调值,因此带来语音起伏,构成了美妙的音乐感,"合而读之,音节见矣,歌而咏之,神气出矣"。⑤写小说的时候,更需要注意中国语言的天然四声声调变化,才能构成作品的音乐美感。在语言的音韵美感上,汪曾祺认为作家应从民间文学中取经,特别是民歌。《"花儿"的格律》一文中,他认为作家都应该向民歌手学习,用有格律的、押

---

① 汪曾祺:《文学语言杂谈》,《汪曾祺全集》第四卷,北京:北京师范大学出版社,1998年,第224页。
② 汪曾祺:《"揉面"—谈语言》,《汪曾祺全集》第三卷,北京:北京师范大学出版社,1998年版,第182页。
③ 汪曾祺:《林斤澜的矮凳桥》,《汪曾祺全集》第四卷,北京:北京师范大学出版社,1998年版,第102页。
④ 汪曾祺:《"揉面"—谈语言》,《汪曾祺全集》第三卷,北京:北京师范大学出版社,1998年版,第184页。
⑤ 汪曾祺:《关于小说的语言(札记)》,《汪曾祺全集》第四卷,北京:北京师范大学出版社,1998年版,第13页。

韵的、诗的语言来思想，训练自己的语感和韵律感①。汪曾祺将民歌看得很高，认为土家族情歌与王昌龄的《长信宫词》有异曲同工之妙。他多次提到一首甘肃民间的花儿"今年来了，我是跟您要着哪，明年来了，我是手里抱着哪，咯咯嘎嘎地笑着哪"这是一个去奶奶庙求子媳妇的祷告词，汪曾祺对这首民歌大为赞赏，认为语言精美，押韵巧妙，多次号召青年作家从中取经②。在《读民歌札记》一文中，汪曾祺从汉代民歌里的"枯鱼作书，蝴蝶寄信"惊奇地发现民歌中蕴含着瑰丽奇妙的大胆幻想；他分析动物题材的民歌，参照当时社会形态进行剖析，理解其中深刻的历史社会寓意，认为民歌不只是抒情的，也可以富含哲理，并且是与实际结合的，生动形象的哲理性。汪曾祺认为：民歌里蕴含着群众的美感体验，作家应该涵泳其中，获得美感经验的熏陶，接受民族的审美教育。他认为语言文化的来源，除了古典文化之外，还有民间文化、民歌、民间故事，特别是民歌③。

汪曾祺经常在作品中加入民歌的元素。第一种民歌元素在作品中的介入是引用，《受戒》里多次出现民歌，庙里的三当家仁渡唱的小调："姐和小郎打大麦，一转子讲得听不得。听不得就听不得，打完了大麦打小麦。"④表现的虽然是劳动的场景，但由于水乡劳动的强度并不大，因此小调也是带着调侃揶揄的逗趣情歌，仁渡唱的另一首小调："姐儿生得漂漂的，两个奶子翘翘的。有心上去摸一把，心里有

---

① 汪曾祺：《"花儿"的格律》，《汪曾祺全集》第三卷，北京：北京师范大学出版社，1998年版，第147页。

② 汪曾祺：《我和民间文学》，《汪曾祺全集》第三卷，北京：北京师范大学出版社，1998年版，第426页。

③ 汪曾祺：《小说的思想和语言》，《汪曾祺全集》第五卷，北京：北京师范大学出版社，1998年版，第50页。

④ 汪曾祺：《受戒》，《汪曾祺全集》第一卷，北京：北京师范大学出版社，1998年版，第329页。

点跳跳的。"①这首小调欢快俚俗,昵俗而不下流,活灵活现地衬托出聪明漂亮的花和尚仁渡的个人气质,结合之前文中所写"平常可是很规矩"的仁渡,"见到姑娘媳妇总是老老实实,一句玩笑话都不说",形成鲜明的对比,更加立体地表现出人物的深层性格。小英子水田里唱的"栀子哎开花哎六瓣头哎……姐家哎门前哎一道桥哎……"②在浓绿色水田里清脆的少女嗓音唱出的民俗小调,使得高邮水乡活泼爽朗,自然甜美的乡村女孩小英子的形象跃然纸上。小和尚明海扬鞭喊出的打场号子"格当嘚——",是高邮地方自古以来的劳动号子,这种号子以音为字,曲调九转十三弯,悠扬婉转,是号子,也是山歌。《侯银匠》开篇就是一首歌谣"白果子树,开白花,南面来了小亲家。亲家亲家你请坐,你家女儿不成个货。叫你家女儿开开门,指着大门骂门神。叫你家女儿扫扫地,拿着笤帚舞把戏"。③高邮较为富庶的人家往往娇惯女儿,出嫁后公婆有所不满,向亲家抱怨儿媳好吃懒做,用开篇的小曲对比侯银匠的女儿侯菊,侯菊勤劳早慧,未出嫁时照顾父亲,出家后十七岁就打理公婆全家,两相比较,更加具有深意。《晚饭花·三姐妹出嫁》中,三妹调侃姐姐的歌谣小调"姑娘姑娘真不丑,一嫁嫁个吹鼓手。吃冷饭,喝冷酒,坐在人家大门口!"④这是调侃的小曲,也是民俗的真实表达。一曲小调,既表现出三妹爱撒娇耍赖的小脾性,又生动表现了高邮平民的生活百态。还有《詹大胖子》里面幼稚园小朋友唱的民谣《小羊儿乖乖》,童趣天真,是汪曾祺幼

---

① 汪曾祺:《受戒》,《汪曾祺全集》第一卷,北京:北京师范大学出版社,1998年版,第329页。

② 汪曾祺:《受戒》,《汪曾祺全集》第一卷,北京:北京师范大学出版社,1998年版,第335页。

③ 汪曾祺:《侯银匠》,《汪曾祺全集》第二卷,北京:北京师范大学出版社,1998年版,第522页。

④ 汪曾祺:《三姊妹出嫁》,《汪曾祺全集》第一卷,北京:北京师范大学出版社,1998年版,第525页。

第二章　高邮民间文化对汪曾祺创作审美取向的影响

年时的老师教给他的，晚年的汪曾祺回乡探望老师，还曾作诗提及这首民谣。

除了引用，汪曾祺作品中的语言节奏也受到民歌的影响。他的作品中经常有着民歌式的口语化痕迹，还有音乐般的节奏感。《受戒》里形容赵大娘和女儿们整洁大方"头发滑滴滴的，衣服格挣挣的"①滑滴滴、格挣挣都是方言口语，且都是叠音，用在文中，有种音韵上的节奏感，加入具有浓厚地方特色的方言口语，使得来自民间的风味更加凸显。《詹大胖子》中的语言，十分注意节奏的把控，多次以不同的方式表现出句子的音乐韵律感，这些句子有的是对偶排比，如"他偶尔喝一点酒，生一点气"。"他好像跟冬青树有仇，又好像很爱这些树"。②有一种节奏的对称感，增添了阅读的乐趣。有的是间歇、重复的，具有相同音韵的词语，"怕小偷进来偷了油印机、偷了铜钟、偷了烧开水的白铁壶"。③更加强化了音乐般的节奏感；《詹大胖子》的结尾："后来，张蕴之死了，王文惠也死了（她一直没有嫁人）。詹大胖子也死了。这城里很多人都死了。"④每句话末尾重复词语"死了、死了、也死了、都死了"，像是一曲终了，渐渐低哑的结尾音，用平淡质朴的词语组成一首意境悠远、凄凉无奈的哀歌。

在整体行文风格上，汪曾祺的作品中也有着民歌戏谑、讽刺的成分。《异秉》里做熏烧的王二发财以后说自己的异秉是大小解分开，这种"异秉"被大家认为是发财的预兆，结尾处药店小伙计陈

---

① 汪曾祺：《受戒》，《汪曾祺全集》第一卷，北京：北京师范大学出版社，1998年版，第333页。

② 汪曾祺：《詹大胖子》，《汪曾祺全集》第二卷，北京：北京师范大学出版社，1998年版，第185、187页。

③ 汪曾祺：《詹大胖子》，《汪曾祺全集》第二卷，北京：北京师范大学出版社，1998年版，第191页。

④ 汪曾祺：《詹大胖子》，《汪曾祺全集》第二卷，北京：北京师范大学出版社，1998年版，第192-193页。

相公和陶先生在厕所巧遇，都去检查自己是否这种异秉，希望也有发财的命运。《陈小手》的结尾，团长一枪把治病救人，保母子平安的陈小手打下马来，是多么的残暴愚昧，结尾却在"团长觉得怪委屈"一句轻描淡写后戛然而止，两相对比，令读者瞠目结舌，意犹未尽。汪曾祺的作品选择在结尾抛出一个令人啼笑皆非，出其不意的转折，然后戛然而止，和民歌惯用的幽默诙谐的调子，来化解民间沉重的苦难类似，与用嬉笑怒骂，讽刺当朝权贵的民间智慧有异曲同工之妙。

综观汪曾祺的文学作品和语言风格，民歌从某种意义上已经成为民间与文学的桥梁。民歌影响了汪曾祺的文学语言，他引用民歌作为烘托气氛、塑造人物的重要内容。他的语言吸收借鉴了民歌中的韵律、音节、平仄、对仗等艺术形式。汪曾祺的语言风格里，那些自由浪漫、灵动不羁的精神内核，形散神不散的独特语言架构，对于世俗美感孜孜不倦的描摹追求，在闲适的态度下，透出谐谑的底子，这些更深层次的文学、人生态度，都有来自民歌的影响痕迹。源自汪曾祺用一双兴致盎然的，善于发现民间趣味百态的眼睛，饶有趣味地哑摸着民歌这座民间文化的宝库。

三、语言即内容——汪曾祺文学语言的重要性

汪曾祺曾经多次强调语言之于文学的重要性，在多篇文章中，汪曾祺都曾谈到过："语言不只是技巧和形式，不是纯粹外部的东西，语言和内容是同时存在的，不可剥离的。"他提到闻一多对庄子语言的看法：文字不仅是表现思想的工具，似乎也是一种目的[①]。汪曾祺认为

---

① 汪曾祺：《关于小说的语言（札记）》，《汪曾祺全集》第四卷，北京：北京师范大学出版社，1998年版，第7页。

第二章 高邮民间文化对汪曾祺创作审美取向的影响

中国文学的语言文字本身就是目的,应该把语言提到内容的高度进行认识①。简单来说,"语言即内容",这和传播学大师麦克卢汉关于"媒介即讯息"的论断不谋而合。麦克卢汉认为真正重要的,不是媒介所传播的具体讯息,而是媒介本身的更替对世界的改变,对人们生活和劳动的方式、思维模式、社会发展速度的影响,这些才是真正举足轻重的,因此,媒介才是讯息本身。麦克卢汉认为:"任何媒介对个人和社会的影响都是由新的尺度产生的,是由它引入的人间事务的尺度变化、速度变化和模式变化(产生的)。"② 这个理论,同样可以佐证汪曾祺文学语言的重要性。汪曾祺语言的重要性,在某种意义上,已经远远超越了语言所承载的具体内容,独特的语言风格就是汪曾祺作品的文学价值,汪曾祺大巧若拙的语言形式是他美学思想的具体表现。曾经有人说过他的词句,单看都很普通,但连在一起却十分有味道。这让汪曾祺颇有些得意,因为这样的语言风格,正是汪曾祺苦心孤诣造就出的举重若轻。汪曾祺如此重视文学语言,部分源自传统江南士大夫传承下来的,对文学语言美感的不倦追求,费振钟认为:有一类作家,不是那种简单的"读意义"写作者,而是需要认真"读语言"的写作者,他们实际上是依靠语言而存在,而具有更高价值的写作者③。

汪曾祺那些看似漫不经心,朴实无华,却隽永灵动的语言风格,是他闲适人生态度的外在表现。他的语言风格,就如同他自己反复强调过的,不能被看成是语言的外部技巧,而是他思维品质的根本反映。这种语言风格来自汪曾祺对传统文学美感的追求,对民间文化的

---

① 汪曾祺:《中国文学的语言问题》,《汪曾祺全集》第四卷,北京:北京师范大学出版社,1998年版,第217页。
② 马歇尔·麦克卢汉:《理解媒介——论人的延伸》,江苏:译林出版社,2011年版,第18页。
③ 费振钟:《江南士风与江苏文学》,湖南:湖南教育出版社,1995年,第136页。

亲近，以及个人风格气质的影响，三者相互交融，同时构成他独特的语言风格，也成就了汪曾祺鲜明的文学风格标签。汪曾祺的语言风格，使得文学回到审美的本源，让人们重新回想、再次发现文章原来还可以这样写，这是语言本身的魅力带来的启蒙，是超越文章具体内容的，更为重要的深层意义所在。

第三节

汪曾祺作品中的"水意"与高邮水文化

法国人安妮·居里安认为，汪曾祺的小说里总有水，即使没有写出来，也有水的感觉。汪曾祺同意这样的说法，将原因归为他的家乡，水乡高邮。因为在高邮水乡长大，耳目所闻，无非是水。水影响了他的性格和作品的风格[1]。汪曾祺的文学作品，许多都充满了脉脉的水气，这种水的韵味，来自他耳濡目染的故乡高邮，一座水边小城。

一、汪曾祺如"水"般的行文风格

汪曾祺在《中国文学的语言问题》一文中说过：中国人很爱用水来做文章的比喻。流动的水，是语言最好的形象[2]。这种流动，在于语

---

[1] 汪曾祺:《我的家乡》,《汪曾祺全集》第五卷，北京：北京师范大学出版社，1998年版，第185页。

[2] 汪曾祺:《中国文学的语言问题》,《汪曾祺全集》第四卷，北京：北京师范大学出版社，1998年，第223页。

第二章 高邮民间文化对汪曾祺创作审美取向的影响

言词句之间的内在联系,在于处处相通的"文气",有如汁液流转的树干枝叶,牵一发而动全身,充满"活"的气韵。汪曾祺的作品行文也是如此。

汪曾祺作品中的行文,讲究整体的协调、节奏感把控得很到位,他的语言,在句子和整体段落的流畅度上造诣颇深。散文《天山形色》中描写锡箔人迁徙戍边:这是一支多么壮观的,富于浪漫主义色彩,充满人情气味的队伍啊。五千人,一个民族,男男女女,锅碗瓢盆,全部家当,骑着马,骑着骆驼,乘着马车、牛车,浩浩荡荡,迤迤逦逦,告别东北的大草原,朝着西北大戈壁,出发了。落日,朝雾,启明星,北斗星。搭帐篷,饮牲口,宿营。火光,炊烟,茯茶,奶子。歌声,谈笑声。哪一个帐篷或车篷里传出一声啼哭,"呱——"又一个孩子出生了,一个小锡伯人,一个未来的武士。[①]这个段落词语凝练,短句长句错落有致,疏密得当,整体读来浑然一气,朗朗上口,在长句中有短句形成音韵的呼应,用单独的词汇组成连续的动作,有如溪水奔腾不止,流水潺潺,顺流而下时又有着短暂的回旋,语音清脆,珠玉叮当,快慢有致,形成一种自然爽朗韵味,整个段落有一种溪水般的流动感与协调性。《鉴赏家》里描写果贩叶三的四时营生:立春前后卖青萝卜,"棒打萝卜",摔在地下就裂开了。杏子、桃子下来时卖鸡蛋大的香白杏,白得像一团雪,只嘴儿以下有根红线的'一线红'蜜桃。再下来是樱桃,红的像珊瑚,白的像玛瑙。端午前后,枇杷。夏天卖瓜。七八月卖河鲜:鲜菱、鸡头、莲蓬、花下藕。卖马牙枣,卖葡萄。重阳近了,卖梨:河间府的鸭梨、莱阳的半斤酥,还有一种叫'黄金坠子'的香气扑人个儿不大的甜梨。菊花开过了,卖金橘,卖蒂部起脐子的福州蜜橘。入冬以后,卖栗子、卖

---

① 汪曾祺:《天山形色》,《汪曾祺全集》第三卷,北京:北京师范大学出版社,1998年版,第243页。

山药（粗如小儿臂）、卖百合（大如拳）、卖碧绿生鲜的橄榄。① 这段描写，有种内在的协调顺畅，句子长短有序，句中偶有押韵，岁月如梭，时节轮转，四时鲜果化作缤纷的色彩，裹挟在时光的洪流里潺潺流淌。语言的流动和顺畅在这个段落中尤为明显，整个段落并无对仗，却浑然一体，色彩与芳香，一切都在利落爽脆的语言描述下，如流水般利落地奔腾跳跃，形成如水般透明无形，却有着内在凝聚力的有机整体。有学者认为：汉语讲究音节节律，所以汉语的句读比较简短，一顿一顿地作流动状，念起来轻快利落②。汪曾祺也说过，语言的奥秘，终究不过是长句与短句的搭配。一泻千里、戛然而止，画舫笙歌、骏马收缰，可长则长，能短则短，运用之妙，存乎一心③。正是因为如此，这些段落和句子在长短句的变化中动态组合，在不同音韵的错落中形成内在节奏，从而在整体上给人流水般变化莫测而又自成一体的独特风格。

　　汪曾祺的行文风格，句式干净，修辞运用较少，语言质朴纯净，追求在平淡中写出味儿来，这使得他的语言没有矫饰，如水般透明纯净，却不可或缺。汪曾祺非常重视语言的意韵，他认为那种看起来平淡无奇，明白如话，但是意蕴悠长，意在言外的语言是最好的。他也是按照这个标准来打磨他作品中的语言的。《异秉》中，描述王二的日常生活：备料、烧煮、磨豆腐、摆摊子，如同流水账一般写实，这种行文风格在他的作品中比比皆是，句子简短，用词尽量简单，不用繁复的词语，不做过多的譬喻和修饰，但却把一个勤劳能干的小生意人忙碌的一天写得无比真实贴切。在《詹大胖子》中，汪曾祺也是如

---

① 汪曾祺：《鉴赏家》，《汪曾祺全集》第三卷，北京：北京师范大学出版社，1998年版，第7页。

② 申小龙《汉语与中国文化》，上海：复旦大学出版社，2003年版，第161页。

③ 汪曾祺：《中国文学的语言问题》，《汪曾祺全集》第四卷，北京：北京师范大学出版社，1998年版，第222页。

此运用语言:"詹大胖子是个大胖子。很胖,而且很白。是个大白胖子。"①近似儿童般的纯真语言产生一种让人忍俊不禁的效果,无形中把读者带回高邮五小的校园中,与文章最后校园不再,故人逝去的沧海桑田对比呼应,透出世事无常,光阴流转的无可奈何。汪曾祺的遣词造句,是水一般的透明纯真,却并不是淡而无味,他达到的境界,是平淡中的无穷滋味,他追求的是语言所暗示的、字面意义之外的意犹未尽,是所谓字面之外的"言外之意"和"弦外之音"。他的行文像水一样透明,却能在阳光下折射出七彩的光芒。

汪曾祺曾用流水来形容他所推崇的散文化小说,他说:严格意义上的小说像山,而散文化的小说像水。他认为废名的《竹林的故事》是孩子对于他们小天地的感受,是一篇富有诗意的生活的"流水"。沈从文的《长河》没有强烈的戏剧性,只是平平静静、漫漫地向前留着,就像这部小说所写的流水一样。鲁迅的《故乡》和《社戏》里有一种说不出来的惆怅和凄凉,如同秋水黄昏②。他引用周作人的评论,将废名的文章比作流水归海,去过的地方总得萦绕一番,路过岩石水草,总得抚弄一下,再继续行进,虽然这些都不是流水的行程主脑,但除去这些,也别无行程③。这几位作家,都是汪曾祺所推崇的,汪曾祺自己的小说,也是散文化的,他的小说亦如河流溪水一般,叮咚流去,不在意结构的编排,随心所欲,如行云流水,重视意境的塑造,而非情节的起伏和结构的雕琢,他传达的是一种人生的态度,讲求将核心的人文气质自然而然地散发出来。他的行文,看似散漫,内里却

---

① 汪曾祺:《詹大胖子》,《汪曾祺全集》第二卷,北京:北京师范大学出版社,1998年版,第185页。

② 汪曾祺:《小说的散文化》,《汪曾祺全集》第四卷,北京:北京师范大学出版社,1998年版,第78—79页。

③ 汪曾祺:《万寿宫丁丁响》,《汪曾祺全集》第二卷,北京:北京师范大学出版社,1998年版,第185页。

是与更本质的精神气质一脉相连,《受戒》用小和尚明海的眼睛,看过庵赵庄,看过集市,看过水田寺庙,又转而以小英子的眼睛看到了受戒的仪式,看似散漫,其实完整地勾勒了水乡桃源的纯真生活,达到童真的纯粹境地。汪曾祺的作品,用流水似的行文,构成看似松散随意,却在精神内核上一脉相传的流水般的叙事风格,看似温和柔弱,却有着"抽刀断水水更流"的内在气韵相连。

二、高邮运河文化与汪曾祺通达、和谐的文学思想

高邮位于京杭大运河畔,大运河贯通南北,自古以来就是水运重地,是历史上第一个以"邮"为名的城镇。大运河往来运输,川流不息,引发南北文化的交融。经由运河,官员、士人、商人、工匠、僧道使节南来北往,互通有无,将各地的生产生活、观念信仰、风俗习惯等文化传播到了运河流域。高邮自身的本土文化也逐渐受到运河文化传播带来的影响。运河文化是在开放中凝聚的文化,运河之上,商业文化盛行,与较为封闭的农业文化不同,运河区域的思想观念更为开放,价值体系较为多元,朝廷官员、文人墨客、行商巨贾、水手漕运,三教九流皆聚于此,这种阶级差异和复杂的社会关系,以运河为轴心流动轮转,保持着动态平衡,在开放的多元价值体系中互相影响;又以运河为轴心,引导人们以相似的模式进行生产生活,潜移默化人们的价值与行为范式。运河周边,阶层流动相比传统农业社会要明显,各行业聚集在运河周围,南北方人口区域流动,各行业之间也根据漕运发展互有流动,价值体系并非僵硬固化,而是维持动态的平衡。

汪曾祺生长在高邮,身处运河之畔,属于运河文化的影响范畴之内,也因此能够对南北文化的差异欣赏包容,对不同阶层的价值观念

持开放和认同的态度。汪曾祺开放、豁达、南北兼容的文学理念，受到高邮运河文化的影响，汪曾祺很少在作品中制造激烈的冲突，没有以文载道的诉求，他自己曾经说过，他所追求的是和谐，是一名"抒情的人道主义者"。他的文章大多冲淡平和，较少尖锐的冲突，或者说，偶尔发生矛盾的时候，并不以强调对立的手法去推进作品情节的演进。如《大淖记事》，巧云被刘号长侮辱，文章中所写极其克制，并没有渲染悲情的氛围，巧云只是胡思乱想了一阵，后悔应该把自己先给了十一子，经由此劫，她更加要追求自己的真爱，也因此和十一子的感情更加迈进一步。《受戒》通篇没有矛盾冲突，在当时的语境下，这种行文风格可谓绝无仅有，因此有人质疑：这写的就是小和尚谈恋爱的故事，有什么意义，要说明什么问题。汪曾祺对此的态度是：我就要写得很美，这是人性。但是，就是这种纯粹对和谐美感的追求，造就了汪曾祺独特的艺术魅力。汪曾祺的作品，不仅少冲突，重和谐，而且不受阶级观念的束缚，虽然他从小在富裕的地主家长大，受到传统文化的熏陶，但是他的许多作品，都是以平等的视角，津津有味地描述百姓的日常生活，他的价值观也并没有拘泥于传统的江南士大夫阶层，《大淖记事》中，他站在风气与街里不一样的，大淖的黎民挑夫一边，赞颂无拘无束的感情和随心所欲的生活。《异秉》《故里三陈》《晚饭花》等文章，也都是用朴素平等的价值观念描绘百姓生活的日常形态。

汪曾祺的开明豁达还表现在对于不同地方的风土人情都抱有浓厚的兴趣。他曾经在高邮、昆明、张家口和北京生活过，他的作品，都是以这几个地方作为背景。这几个地方的文化风俗，在他眼里，都是奇趣多彩的，在昆明做穷学生的时候，饭都吃不饱，还需要时时提防轰炸，"跑跑警报"。可是在他笔下，云南的生活和风俗是那么的奇妙有趣。在张家口农场下放的时候，他一个人编纂土豆图鉴、画土豆花,依旧自得其乐,在这段时期,他与农民睡通铺,聊长天,累积了第一手的基层资料,写出了一系列以张家口生活为背景的优秀作品。北京可说是汪曾祺的第二故乡,他晚年一直与家人生活在北京,北京老少爷们儿的提笼架鸟、胡同风情、街边食肆在他笔下都是那么的鲜活有趣。他的作品中,以北京风俗为背景的也占很大一部分。这几处地方的地域背景迥然不同,地理跨度极大,南北文化差异明显,汪曾祺半生辗转迁居,在当时特定的历史环境下,并不都是舒适自在的,可是汪曾祺却都甘之如饴、随遇而安、乐观豁达,他从不同的地域文化中吸取养分,用开放通达的态度面对南北文化的差异,在作品中表述出不同地域文化同样的人文之美。

三、"水"意象与集体无意识

心理学家荣格认为:人类心灵中除了意识和无意识之外,还潜藏着集体无意识。集体无意识是人类普遍性的深层意识,使得所有地方和所有个人具备大体相似的内容和行为方式,就像潜藏在海底的冰山,庞大而未知,它是集体、普遍、非个人的,经由遗传与继承,先天存在于人类精神的深处。这种集体无意识经由原型和本能,在一定条件下可能会被唤起,表现出来。集体无意识是人类的祖先亿万年间累积的遥远记忆和原始意识的遗传与回响,经由遗传的模式积淀在所有人精神世界的最深处,其中累积的原始意象,是艺术创作的无尽源泉。荣格认为,文学作品有一类是根据作家个人经验的意识范围写就的作品,动机和目的明确,称为"心理型"作品;另一类是"幻觉型"作品,这类作品的原型意象,来自集体无意识,超越作家个人的生活经验范围,表现的是超越个人的、全人类的精神和心灵。这种作品使得艺术成为一种天赋的力量,抓住创作者,使之成为艺术的工具①。通俗来说,作家在创作这类文学作品的时候,往往灵感迸发,有一种不得不写的冲动。汪曾祺曾经说过,他创作《受戒》时,就是要写,写人性、写美、写得健康而富有诗意②。他为了自身情绪的抒发而写作。这也是他写作的一贯宗旨,为了创造美,为了愉悦,为了喷薄而出的、不可压抑的灵感而写。《受戒》的末尾写着四十三年前的一个梦,因此人们往往认为《受戒》等作品是汪曾祺少年时的真实故事,其实汪曾祺从来没有承认过,他只是说,这是一个梦,是一种恋爱的感觉。汪曾祺作品的艺术风格和独特魅力,除了作家个人真实经验的改写之外,还存在水乡文人内心与生俱来的"水"意象的影响,这是心灵深处积淀遗传的集体无意识的作用。

荣格指出,当作家赋予作品形式,已经最大限度发挥了他的才能,他必须把解释留给别人,留给未来。伟大的艺术作品就像做梦一样,尽管表面上一切都明明白白的,然而它却从来不对自己做出解释,从来都是模糊暧昧的③。创作者通过深入所有人都置身其中的生命模式里,通过赋予人类生存以共同的节律,保证了个人能够将其感情传达给整个人类。因此,每一部伟大的艺术作品都是客观的和非个人性质的,但同时又能深深感染我们每一个人。"怪底篇篇都是水,只因家住在高邮"。④ "水"的意象,渗透浸染在汪曾祺的所有作品之中,已经不是具象化的、有意识的自我表达,而是作家内在的审美范式和人格气质的自然流露,是内化在汪曾祺心灵深处的,高邮水乡文人的集体无意识。

---

① 鲁枢元:《文学的跨界研究:文学与心理学》,上海:学林出版社,2011年版,第76页。
② 汪曾祺:《关于〈受戒〉》,《汪曾祺全集》第六卷,北京:北京师范大学出版社,1998年版,第339页。
③ 卡尔·古斯塔夫·荣格:《心理学与文学》,南京:译林出版社,2011年版,第106页。
④ 汪曾祺:《回乡杂咏·水乡》,《汪曾祺全集》第八卷,北京:北京师范大学出版社,1998年版,第16页。

第四节

汪曾祺作品中的绘画美

汪曾祺的作品流露出一种超乎文字魅力的"画境再现",汪曾祺认为:喜欢画,对写小说,也有点好处……我以为,一篇小说,总得有点画意①。我所写的人物都像王玉英一样,是我每天要看的一幅画。这些画幅吸引着我,使我对生活产生兴趣,使我的心柔软而充实。汪曾祺的女儿汪朝也认为:父亲把作画的手法融进了小说……他说,他画的是对生活的喜悦②。汪曾祺的小说曾被评论家称为风俗画小说,汪曾祺本人也对此评论表示认可,他在《谈谈风俗画中》一文中提到"有几位评论家都说我的小说里有风俗画。这一点是我原来没有意识到的。经他们一说,我想想倒是有的"。③汪曾祺认为文与画在表达和感应之间是相通的,这种跨越文本形式的审美感也是汪曾祺在创作中希望能够达到的。

一、题材与体裁:以画入文,文画同源

汪曾祺的作品中,有很多直接或间接取材于绘画的题材。短篇小说《岁寒三友》应算是直接取材。小说《岁寒三友》以松竹梅"岁寒三友"为名,而"岁寒三友"的说法很可能最初就见于绘画作品。最

---

① 汪曾祺:《两栖杂述》,《汪曾祺全集》第三卷,北京:北京师范大学出版社,1998年版,第197页。
② 汪朝:《汪曾祺与书画(带跋)》,《汪曾祺的文与画》,山东:山东画报出版社,2005年版,第189页。
③ 汪曾祺:《谈谈风俗画》,《汪曾祺:文与画》,山东:山东画报出版社,2005年版,第19页。

早宋代画家周之翰提到"岁寒居三友图中",明指其本人以此为题的画作①。"岁寒三友"反映了中国传统儒家文化"君子比德"的自然比喻传统,即以自然景物的特征比喻君子道德品行的审美习惯。小说《岁寒三友》开篇点题"这三个人是:王瘦吾、陶虎臣、靳彝甫"。②以松竹梅三友譬喻小说中三个主人公,岁寒既是时节,也是气节,而三人莫逆相伴,也应了"岁寒三友"共度凌冬苦寒的守望之情,三人品性高洁,在日常生活中存留着对美的朴素追求(陶虎臣的绝活"遍地桃花"焰火,靳彝甫的画和三块田黄石章等),在动荡时局下三人各历艰辛,却依旧莫逆相伴。与《岁寒三友》画中,松针细劲,梅枝秀挺,竹节挺拔,交错带来的形式美感,和历寒冬而存挚友的审美意趣异曲同工。短篇小说《鉴赏家》中的季陶民是全县第一个画家,"看画的"卖果子的叶三也确可当得上是全县第一个鉴赏家。汪曾祺借果贩叶三之口说出的是自己对于绘画的感悟,叶三质朴的美学理念,是汪曾祺的文学审美趣味,此篇处处关画,却几无一字直接写"画",作品文本中几乎没有对画的直接描写,季陶民画的精妙,是以鉴赏家叶三看画后的反映和论画之语带出,汪曾祺在《美在众人反映中》写"用文字为人物画像,是吃力不讨好的事情"。"另一种办法,是不直接写本人,而写别人看到后的反映,使观者产生无边的想象"。可想见,汪曾祺认为用文字为画来"画像"更是不易,因此他以画入文,巧妙地为画进行了侧面烘托。

汪曾祺作品除了直接取材于绘画,更有众多受到绘画美学影响的作品。小说中穿插绘画内容的有《受戒》和《昙花、鹤和鬼火》等,更有三十余篇与画有关的散文集成《汪曾祺文与画》散文集,多次

---

① 程杰:《"岁寒三友"缘起考》,《中国典籍与文化》,2000年第3期。
② 汪曾祺:《岁寒三友》,《汪曾祺全集》第一卷,北京:北京师范大学出版社,1998年版,第344页。

谈到关于画与文的关系，例如"我的审美意识的形成，跟我从小看他（父亲）作画有关"。①"中国画讲究形神兼备，对于写小说来说，传神比形象更重要"，"毕加索说的是艺术，但是搞文学的人是不是也可以想想他的话"②。这些与画有关的作品在他的创作生涯中占不可忽视的一部分。

汪曾祺在文学体裁的把控上也倾向于和他绘画风格一致的"小品文"，这点汪曾祺自己也有明确的意识，"我永远只会是一个小品作家。我写的一切，都是小品。就像画画，一个册页、一个小条幅、我还可以对付；给我一个丈二匹，我就毫无办法"。③他提到自己的短篇小说创作"这和作者的气质有关，倪云林一辈子只能画平远小景，他不能像范宽一样气势雄豪，也不能像王蒙一样烟云满纸。我也爱看金碧山水和工笔重彩人物，但我画不来，我的调色碟里没有颜色，只是墨，从渴墨焦墨到浅的像清水一样的淡墨。我的小说和我的画一样，逸笔草草，不求形似"。④他结合个人气质，有意识地选择在小品文创作中求精，求神，求气韵，这和他的绘画爱好是分不开的。

二、风俗画小说：静态美、"散点透视法"

汪曾祺的小说被称为风俗画小说，风俗画中的独特"画法"对汪曾祺创作也有一定影响。汪曾祺曾说过"宋代风俗画似乎特别的流行，《清明上河图》是一个突出的例子，我看这幅画，能够一看半

---

① 汪曾祺：《自报家门》，《汪曾祺的文与画》，山东：山东画报出版社，2005年版，第9页。
② 汪曾祺：《传神》，《汪曾祺的文与画》，山东：山东画报出版社，2005年版，第31页。
③ 汪曾祺：《汪曾祺全集出版前言》，《汪曾祺全集》第一卷，北京：北京师范大学出版社，1998年版，第7页。
④ 汪曾祺：《晚饭花集》自序，《汪曾祺全集》第三卷，北京：北京师范大学出版社，1998年版，第325页。

第二章 高邮民间文化对汪曾祺创作审美取向的影响

天"。①《清明上河图》是我国最著名的风俗画,风俗画的静态美,散点透视的绘画方法都在汪曾祺小说中有所体现。

《清明上河图》画卷从右起风景逐渐过渡至左端的市井百态,画中所绘五百余人,上至王公贵胄,下至贩夫走卒,巧妙地穿插于桥梁船舶之上,熙攘闹市之中,楼台亭阁之间,生动地再现了北宋都城中的街景百态②。《清明上河图》将动态的人物群像静态地展现在画卷上,人物动作被瞬间捕捉成静止的画面,构成一种和谐的美,就像是全画幅相机扫描出的超宽幅市井百态剪影,记录了当时的社会生活。汪曾祺的作品,描摹人物形象多细腻生动,但是情节却相对简单,不追求复杂曲折,《大淖记事》全文共分六节,前三节都不涉及主要情节,多谈风俗人情,有一种来源于风俗画的静态美,即在布局中,精心描摹人物群像,在情节布局时选择人物的瞬间动作(简单的情节)定格成静态画面,画中每位人物的不同动作整体风情百态,达到一种内在有序的整体和谐。

散点透视法是中国传统绘画中常采用的一种透视方法。以《清明上河图》为代表的风俗画就经常采用这种透视方法进行绘画。散点透视指的是不固定透视点,画家以游动的视线来观察和表现物象,更多的是重视感觉上的适宜,在观察物象,表现物象上更自由,更具灵活性,空间更大,所谓"咫尺千里",正是运用散点透视法则所达到的辽阔境界③。与西洋画中所采用的焦点透视法不同的是,散点透视法不拘泥于一个焦点,而是采取多个焦点,边行边画的方法,这种绘画方法并不严格遵守焦点透视法近大远小的绘画法则,而是将宏大的景观采取多视角平列的取景方法绘画入图。采取焦点透视法构图,就像观

---

① 汪曾祺:《谈谈风俗画》《汪曾祺:文与画》,山东:山东画报出版社,2005年版,第20页。
② 崔延和:《〈清明上河图〉的历史价值与艺术特色》,《西北民族学院学报》,1995年第2期。
③ 李前军:《论"散点透视"在中国传统绘画中的运用》,《社科纵横》,2008年第8期。

景人不动,从固定的视角出发绘图,所见即所得;而散点透视法则是观景人边行边画,从移动的视角出发绘图,将不同层次的景物散点在一个画面上。以《清明上河图》为例,如果不是采用散点透视法,许多应该互为遮蔽渐隐的亭台楼阁,城墙山峦就不能全部表现在这个超长的画卷上了。如果说焦点透视法是遵循"视觉真实"的话,那么散点透视法遵循的就是"心理真实"。汪曾祺的作品中也有着风俗画中采用散点透视法的影响。无论是小说还是散文,均非明显围绕着固定不变的焦点描写。汪曾祺本人曾在《短篇小说的本质》一文中,写到"短篇小说的作者是请他的读者并排着起坐行走的"。[①]这可以说是对于一步一景,移动视角的散点透视法的文字再现。如《大淖记事》有近一半多的内容写景,一半不到的部分推进情节。从水泊苇荡写到田垄水车,细致入微的风土描写不紧不慢地展开,营造的是一幅水雾缭绕,鱼米江南的画卷,人物从中后部分才开始进入,就像展开一幅江南风俗画,荡一叶扁舟,进入名叫"大淖"的水乡故里,用文字记录下一路行过看见的风景。最后借由一个并不复杂的故事,融入当地人的喜怒哀乐中,更加符合"心理真实"的美感追求,更容易将观者带入当时的自然风景和社会乡土氛围中。

三、写意画的"留白示水"对汪曾祺作品的影响

汪曾祺的短篇小说虽然被评为风俗画小说,但是汪曾祺本人的文人画创作却多画写意画,收录了他多幅绘画作品的《汪曾祺:文与画》一书中,每篇文章均配有汪曾祺的写意画。汪曾祺作品的架构与中国画中的"留白"技法有着同样的意境。但进一步分析,中国画讲

[①] 汪曾祺:《短篇小说的本质》,《汪曾祺全集》第三卷,北京:北京师范大学出版社,1998年版,第24页。

究"计白为墨",墨出形,白藏象;白者为虚,黑者为实,黑与白相反相成,虚与实互为作用。所谓"疏可走马,密不透风",留白并不是真正无物的空白,空着的地方和着了墨的地方一样,都是整体的组成部分。中国画中,留白很多时候是对"水"的象征表现,尤其在写意画中,表现水就多用"留白"技法,这是中国写意画的一个特点。汪曾祺的作品尤其是小说,基本上没有激烈的矛盾,或是说他把激烈的矛盾淡化来写,在汪曾祺的创作中,并不追求激烈的戏剧冲突,而多见情节、主题和结构的淡化,有时常有一种作品未完的感觉。如《八千岁》《陈小手》和《异秉》,末尾戛然而止却又恰到好处。汪曾祺的作品更像是写意画中"以白示水"的绘画笔法,这些留白的部分在文中所起的作用更似结合"点、映、勾"等笔触表达出温润的水意,在似有似无之间,如细流滋润文本结构中的各部分,恰到好处的水意留白,增添作品的意境,以平面的铺陈,增添立体悠远的余味,得以延伸出悠远的意蕴。孙郁在《革命时代的士大夫:汪曾祺闲录》中,评价汪曾祺小说中的水意:"他的小说,也像一幅幅画,悠远淡泊。那些关于昆明的回忆文字,在气韵上是像风俗图的。水色、天光、古寨、茶楼、均浸泡在湿淋淋的记忆中。"①汪曾祺的作品中,多追求和谐宁静,温润流畅的行文风格,"水有时候是汹涌澎湃的,但我们那里的水平常总是柔软的,平和的,静静的流着。"②他将水乡高邮的潺潺水意,以"计白当墨,留白示水"的方式浸润在了作品中。

四、印象派绘画对汪曾祺作品的影响

汪曾祺常将印象派绘画的方法融入自己的绘画创作中,"我常把

---

① 孙郁:《革命时代的士大夫:汪曾祺闲录》,北京:三联书店,2014年版,第200页。
② 汪曾祺:《自报家门》《汪曾祺:文与画》,山东:山东画报出版社,2005年版,第7页。

后期印象派方法融入国画。我觉得中国画本来都是印象派，只是我这样做，更是有意识的而已"。① 孙郁也曾评价过其画作"风格追随齐白石，构图简约，淡漠传神，有时意袭徐渭，偶尔也类似印象派的神色"。② 印象派绘画，是指十九世纪下半期出现的，以法国为中心风靡欧洲并具有世界性影响的印象主义绘画现象。他们擅长描绘外光和大自然的瞬息变化，用奔放的笔触和没有调和的颜色在画布上直接糅合，形成冷暖色调强烈的新画风③。印象派画家作画时不将颜色预先调和，而是直接在画布上下笔，让人眼在一定距离外将色块叠加组合成画家想要表达的颜色。例如：桃色是用白和红色调成的，但如果把白色和红色摆在一起，不使其混合，观者的眼睛在一定的距离看过去，仍有"桃色"的感觉。画家为了避免在调色盘上调色而造成色彩的混浊，因此尝试以原色小点直接点在画面上，保持色彩本身的纯度和明度，使画面色调鲜明而活泼，这种画法叫作"点彩法"。汪曾祺的文学作品中也有一些是借鉴类似于印象派绘画笔触进行创作的。

鱼肚白 珍珠母 珠灰 葡萄灰（以上皆天色）大红 朱红 牡丹红 玫瑰红 胭脂红 干红（《水浒》等书动辄言"干红"，不知究竟是怎样的红） 浅红 粉红 水红 单杉杏子红 霁红（釉色）豇豆红（粉绿地泛出豇豆红，釉色，极娇美）天竺 湖蓝 春水碧于蓝 雨过天青云破处（釉色）鸭蛋青 葱绿 鹦哥绿 孔雀绿 松耳石"嘎吧绿"明黄 赫黄 土黄 藤黄（出柬埔寨者佳）梨皮黄（釉色）杏黄 鹅黄 老僧衣 茶叶末 芝麻酱（以上皆釉色，甚肖）世界充满了颜色④

---

① 汪曾祺：《自得其乐》，《汪曾祺的文与画》，山东：山东画报出版社，2005年版，第121页。
② 孙郁：《革命时代的士大夫：汪曾祺闲录》，北京：三联书店，2014年版，第199页。
③ 杨贤艺：《论印象派绘画的艺术特色》，《艺术教育》，2006年第4期。
④ 汪曾祺：《颜色的世界》，《汪曾祺全集》第六卷，北京师范大学出版社，1998年版，第220页。

在这篇名为《颜色的世界》的散文中,作者对各种颜色不做任何描述修饰,将色彩的名称排列放置于文中,但在阅读过程中,这些颜色就在读者的思维中混合成具有独特美感的斑斓画面,这和印象派绘画在人眼中混合色彩的理念有类似之处。除了此篇散文,汪曾祺的不少作品也有些印象派绘画笔触的痕迹。例如小说《大淖记事》和《受戒》中的风景描写,并不特别雕琢遣词造句的精致,乍看并无明显过人的精妙之处,但是当通读作品,掩卷独坐之时,一个烟雨朦胧,水汽弥漫的水乡风情画卷却跃然于脑海之中。这与印象派绘画须远离而观,近看只能看到色块堆砌十分相似。当代著名画家吴冠中就曾回忆,他少年时期听到人们对欧洲现代绘画的评价是"远看西洋画,近看鬼打架";他去参观刘海粟画展,展览会上有文字提醒观者"须离画十一步半"观赏[1]。其实,印象派绘画看重的是画家对所描摹景物的真实感受,这种真实的感受符合的是画家本身的主观真实,并非照搬所见景物,追求画作中景物整体印象的和谐再现。印象派最初出现在绘画领域,继而波及音乐和文学,强调的是人对生活的主观感觉和印象,注重美的艺术形式,主张到大自然中去,尊重自然给人的感觉印象是其艺术追求[2]。汪曾祺的文学作品,是很有些印象主义风格在其中的。这与汪曾祺的作品中追求整体的和谐美感,追求个人主观的审美体验的风格有所类似,只不过,印象派画作是借用人眼来混合色彩,而汪曾祺的文学作品中,则需要用思维来混合文字中并未明示的意蕴。

汪曾祺的文学作品受绘画影响。究其原因,有以下几点:第一是家传影响。汪曾祺的父亲擅长绘画,"画室里堆积了很多求画的人送来的宣纸,"虽然由于居处县城中,未能声名远播,但是"他的画,

---

[1] 杨贤艺:《论印象派绘画的艺术特色》,《艺术教育》2006年4期。
[2] 王向峰:《文艺美学辞典》,辽宁:辽宁大学出版社,1988年版,第96页。

照我看是很有功力的","我的审美意识的形成,跟我从小看他作画有关"①;第二是耳濡目染,环境使然。汪曾祺从小生活在高邮,高邮和扬州非常近,目前就属于扬州市的管辖,"扬州八怪"是中国绘画史上重要的一笔。据李玉棻《瓯钵罗室书画过目考》中,"扬州八怪"为罗聘、李方膺、李鱓、金农、黄慎、郑燮(又名郑板桥)、高翔和汪士慎。扬州八怪的绘画理念追求独辟蹊径的立意,不追随时俗,风格独创。多采用不落窠臼的技法,对于继承传统和创作方法有着不同的见解。扬州八怪挥洒自如的笔锋,不受成法和古法的束缚,打破当时僵化局面,给中国绘画带来新的生机,影响了赵之谦、吴昌硕、齐白石、徐悲鸿等艺术大师。汪曾祺绘画和文学作品中,挥洒自如,从心而发,独特自由的画风与文风,就和他所喜爱的画家齐白石一样,受到"扬州八怪"洒脱不羁,笔法随心的画风影响。汪曾祺的家乡高邮当地也是画风颇盛,当地有不少画铺,童年时期的汪曾祺经常去看画,这段经历他曾在《看画》一文中写过,文中从画匠到画师,从风俗画到人像画,每一种都在启蒙时期的汪曾祺心中留下深刻印象,也影响他今后的创作"有些画法让我得到启发,比如他们画衣纹是先用淡墨勾线,然后在必要的地方用较深的墨加几道,这样就有立体感,不是平面的,我在画匠店里常常能站着看一小时"。另外,《看画》文中提到高邮的一位画家"我认为王陶民是我们县的第一画家"这明显就是《鉴赏家》中县里第一个画家季陶民的原型。汪曾祺的创作不但受中国绘画的影响,也受西方印象派绘画影响,这与他的老师沈从文有关,沈从文被夏志清称为"中国现代文学中最伟大的印象主义者,""许多短篇小说和长篇小说的无数片段中,我们都可以找到表现了沈从文高度印象主义写作技巧的例子"。②汪曾祺在西南联大的老师

---

① 汪曾祺:《自报家门》,《汪曾祺:文与画》,山东:山东画报出版社,2005年版,第8页。
② 夏志清:《中国现代小说史》,上海:复旦大学出版社,2005年版,第107页。

之一是沈从文,他自己坦言,他投考联大,和沈从文隐隐约约有点关系,所谓慕名而去正是①。在《自报家门》中汪曾祺提到过,他除了教科书,只带了两本书,其中一本就是《沈从文小说选》。汪曾祺曾多次提及自己受沈从文的艺术风格的影响。因此,汪曾祺受的文学作品中存在印象主义的痕迹也是有因可循的。另外,汪曾祺本人虽然受中国传统文化的熏陶,但也并不拒绝西方文化的浸染。他认为中国画本来都是印象派,他说过"我也曾经接受过外国文学的影响,包括意识流的作品的影响,就是现在的某些作品也有外国文学影响的蛛丝马迹。"他一向认为,民族传统应该是对外来文化精华兼收并蓄的民族传统②。

---

① 孙郁:《革命时代的士大夫:汪曾祺闲录》,北京:三联书店,2014年版,第25页。
② 汪曾祺:《出版前言》,《汪曾祺全集》第一卷,北京:北京师范大学出版社,1998年,第9页。

第三章 汪曾祺作品中的故乡与他乡

汪曾祺1920年元宵节出生,在故乡高邮生活到十九岁半,1939年夏至昆明,就读于西南联大,于昆明学习生活七年,1958年下放至张家口,1961年底回京,之后一直在北京生活。汪曾祺一生漂泊,在高邮成长至十九岁半的这段时光最为宁静祥和。故乡高邮是汪曾祺作品里挥之不去的底色,是作者贯穿始终的生活态度和审美范式,在离开家乡的五十几年中,汪曾祺在昆明、张家口、北京等地学习、下放、工作、生活,游历四方,漂泊不定。汪曾祺的文学作品,主要取材于他生活过的几个地方:高邮、昆明、张家口、北京,故乡和他乡,不同的地域在汪曾祺的笔下呈现出和谐共存的交融汇合。本章通过对汪曾祺作品文本中不同地域书写的分析梳理,探寻汪曾祺对不同地域文化的审美态度,研究故乡高邮的地域文化,是怎样通过塑造汪曾祺的审美理念,从而进一步影响他的文学创作的。

第一节

永远的故乡高邮

一、童真视角下的纯净天堂

汪曾祺描写故乡高邮的作品,一类是将故乡升华为纯净、清澈,不被世俗侵扰的天堂，例如《大淖记事》《受戒》《晚饭花》《昙花、鹤和鬼火》等作品，此类作品，作者运用童真视角进行书写创作，营造出一个童趣盎然、美好纯真的世界。

《受戒》的叙事采取的是儿童视角，明海经过舅舅带领，穿过县城到荸荠庵，一路上的景象描述，是典型的儿童视角，通过小明子的眼睛娓娓道来：路过湖，那是"好大一个湖！"孩子的赞叹，简单而直接。路过县城，"县城可真热闹！"繁华世界、行业百态，"卖猪肉的、磨芝麻的、布店、卖茉莉粉头油的、打把势卖膏药的"。①让小明子眼花缭乱，目不暇接，小明子没有时间仔细看，也无法准确描述热闹的街景，只能简单地叙述赞叹，乡村孩童的口吻，童趣而真实。同样的儿童视角，贯穿了《受戒》的始终，小明子与小英子初次相遇的情境，荸荠庵各位师父和平日的生活，都是通过小明子的视角展现的，在小明子的眼里，荸荠庵的众人那种随意自在，没有清规戒律概念的日常生活，再正常不过，荸荠庵只是一个和庵赵庄毗邻而居，自然存在的桃源世界，参禅和修行只是过日子、寻饭碗的必经之途。明海去善因寺受戒，作者从小明子的视角，转为小英子的视角，小英子对受戒一事的懵懂与好奇，使读者感同身受，小明子和小英子的感情，也因此更近一步。通过儿童视角的叙述，荸荠庵种种的于俗理不合的地方，成为理所当然。这里远离尘世纷扰，却又没有戒律清规的桎梏，无须为生计发愁，摘荸荠、描花样，农活家务几乎成为小明子和小英子培养感情的水乡游戏，在童真的视角下，荸荠庵和庵赵庄成为纯净的桃源天堂。

《大淖记事》里的主人公，已经不是儿童，但是作者在叙述时，还是采取了一种童真的态度去观察、打量大淖周围的世态人情：大淖

---

① 汪曾祺：《受戒》，《汪曾祺全集》第一卷，北京：北京师范大学出版社，1998年版，第323页。

的挑夫们咕咚一下,囫囵咽下紫色的糙米饭;姑娘媳妇脑后的发髻和柳枝、红花;大淖与"街里"迥异的世俗爱情观念,作者叙述这一切的时候,都带着一种新奇的童真视角。而十一子和巧云,这两个年轻人,是大淖的骄傲,是大淖爱与美的象征,作者带着赞许欣喜的态度,关照着两人的纯真爱情和悲欢离合。童真的视角和情绪,营造了大淖这个俗世中的天堂形象。汪曾祺童年的家,就在大淖边上,大淖百态,是他抹不去的童年日常回忆。

《晚饭花》从少年李小龙的视角出发,他眼里的王玉英和那一丛丛蓬勃的晚饭花,构成了黄昏,二者缺一不可,少年喜欢王玉英,因为"王玉英很好看,两只眼睛很亮,牙很白,有一个很好看的身子",她和"殷红的、胭脂一样的、多得不得了,非常热闹,发疯一样开着"但又透出安静凄清意韵的晚饭花一起[1],构成了少年李小龙的专属黄昏,这黄昏的意义重大,是少年每日的风景,是纯真年代里,带着一点荒凉的美丽象征,这美丽无关爱情、无关世俗,是少年心中纯粹的美丽与纯真的精神化身。《昙花、鹤和鬼火》的主人公还是名叫李小龙的少年,少年守候的昙花开了,"昙花真美呀!雪白雪白的,真香啊!香死了!"[2]花的美丽,给少年纯净的心灵带来了震撼,于是李小龙今后有了两盆昙花,一盆在床边,一盆永远留在了他的梦里。天空飞过的白鹤,让少年李小龙看得呆了,鹤是那样美,又让人觉得凄凉。还有鬼火,绿色飘忽的鬼火,时聚时散、明灭不定,他人视而不见,少年却想与鬼火交流:你们在谈些什么呢?少年的视角,像水晶透明纯净,却能折射出大千世界的清澈美丽,少年的心,未被现实

---

[1] 汪曾祺:《晚饭花》,《汪曾祺全集》第一卷,北京:北京师范大学出版社,1998年版,第528页。

[2] 汪曾祺:《昙花、鹤和鬼火》,《汪曾祺全集》第二卷,北京:北京师范大学出版社,1998年版,第128页。

磨砺，柔嫩而敏感，七窍玲珑，于世间万物中，寻见最纯真、明净的天堂。

童真视角下的故乡，是小和尚小明子和少年李小龙的纯净天堂，是没有世俗纷扰、纯粹的精神故乡，是源自汪曾祺心灵深处的童年回归，是他纷扰半生后，得以休憩的心灵净土。

二、充满趣味的和谐民间

汪曾祺笔下的故乡生活，充满趣味的市井气息，是千姿百态、妙趣横生的和谐民间。汪曾祺追求的是和谐，他笔下的故乡的民间生活，是抽离了苦难的，谐趣富庶的市井人家，令读者心向往之。故乡高邮的乡风民俗，在汪曾祺的笔下得到诗意的呈现，谐雅共存。

《三姊妹出嫁》中的秦老吉，是个卖馄饨的底层市民小贩，靠着走街串巷挑着担子卖馄饨独自拉扯大三个女儿，这清贫艰难的生活，日复一日挣扎求生的凄苦日子，可想而知，应是艰辛不易的，文中却无一字提到。汪曾祺开篇津津有味地描写秦老吉的馄饨担子，楠木的雕花、细巧玲珑的构造，精细合理的布局，这馄饨担子在作者的笔下已经超越了秦老吉起早贪黑的谋生必需品，升华为"倒好像一件什么文物"似的艺术品，连秦老吉拌馄饨馅儿的大盘子，那都是雍正青花的。秦老吉是个鳏夫，当爹又当妈，独自抚养三个女儿，在文中，丝毫没有触及生活的苦涩，他的大女儿和二女儿勤劳能干、持家有道，小女儿娇憨任性，巧手生花，在姐姐们的衣裙上绣满了花朵。三个女儿许配的人家，不过是街头的皮匠、吹鼓手等民间手艺人，但是在他们眼里，未来却注定是殷实而有希望的好日子。秦老吉和三个女儿把贫苦的家常生活过成了和和美美的一朵花儿，其实无论哪个时代，市井的手艺人阶层都不会总是富足无忧的，更别说是汪曾祺童年时的故乡高邮,但是文中却没有一字提及生活的不易、世道的艰难、老父亲和三个女儿互相扶持的艰难困苦,有的只是对民俗百态兴致盎然的描写,对市井人家和谐生活的欣赏和赞许,这是汪曾祺写民俗的一贯立场,是他对故乡百姓生存状态的诗意呈现。

《鸡鸭名家》中的余老五是炕房的大师傅,陆长庚是赶鸭子的第一把好手。这两个老人,在文中与鸡鸭为伴,被奉作"名家",余老五掌管炕房,有一项炕鸡子和小鸭的绝活,余老五孵小鸡小鸭的时候,几乎分秒不差,有如神灵附体,带着超自然的神秘力量,萦绕着"一种暧昧、缠绵的异样感觉"、身上有着"母性"的光辉。绰号"陆鸭"的陆长庚一声号令,鸭群俯首听命,简直是有点魔法[①]!作者把乡村能人的农活技艺用鲜活、惊奇的叙事态度写出,读之谐趣横生、兴味盎然。余老五靠着炕房的一招鲜,捧着紫砂壶悠闲度日,陆长庚虽然时运不济,但是这一手放鸭子的绝活就够他酒肉不断、小赌怡情了。他们是普通的乡民,靠着自己的绝活也能轻松维持生计和尊严,这是汪曾祺记忆里的故乡生活,是乡亲们俱欢颜的富足水乡,是人与自然和谐相处的诗意故居。

《大淖记事》中,挑夫的生活虽然是卖力气吃饭,但还是那么的有趣,如风摆柳般齐刷刷走过的大姑娘小媳妇,头上乌黑滑溜的发髻配上四时更替的鲜花柳枝,简直就是一幅画。大淖边的人们不觉生活愁苦,香甜囫囵地咽下糙米饭,不为礼教困扰,男欢女爱天经地义,当众下河洗澡也不算一回事情。大淖里的人们,只有几间茅草屋,灶台都不垒一个,今日不管明日事,家中无隔宿之粮,可这还是一个和谐有趣的化外之地,是现实的苦难无法遮蔽的欢乐世俗,是让汪曾祺

---

① 汪曾祺:《鸡鸭名家》,《汪曾祺全集》第一卷,北京:北京师范大学出版社,1998年版,第85页。

多年后依旧念念不忘、提笔描摹的和谐民间。

汪曾祺笔下的市井百态,已远远超越了现实的桎梏,他表述的并非完全真实的故土民情,而是经由汪曾祺一双慧眼升华过后的趣味民间,他选择关注故土民俗中和谐、美好的一面,将平凡艰辛的日常劳作提炼成独具匠心的灵魂之美,将有限的素材提纯出"美"的精华。

三、日常生活审美化

汪曾祺的故乡,是具有超脱意味的纯真天堂,是摒弃了粗粝生活本质的和谐民间,他将故乡的日常生活审美化,诗意地表述在文本中。他作品中对故乡的情感混合了真实和幻想,他选择背向现实生活粗糙苦涩的一面,选择看见美的、健康的、人性的、趣味的故里民间,使作品充满桃源幻梦的美与趣,表述的是对梦里故乡生存形态的心向往之。

宗白华在《略论文艺与象征》中,将诗人和艺术家的美学态度分为两种:醒与醉。醒者张目人间,寄情世外,用如炬的目光,量丈万物,如明镜映出世间百态,人情冷暖。醒者要表现现实的光和影,罪恶与美好,是非曲直显露无遗。而醉者,反射出的是一颗"诗心",他们所表述的世界,蒙上了一层"诗心的温情和智慧的光辉",他们表述的,不是纯粹客观的世界,而是醉眼蒙眬下,理想的梦境[①]。毫无疑问,汪曾祺是属于可爱、微醺的"醉者",他的个人气质和成长环境塑造了他的审美气质,他在自己营造的梦里陶陶然,微醺地舒展着精神,达到物我合一,心如化境的安宁与祥和。

汪曾祺的故乡系列作品,充溢着宁静的和谐,纯真的快乐。故乡

---

① 宗白华:《略论文艺与象征》,《艺境》,北京:北京大学出版社,1987年版,第184页

是他的精神圣殿，是他灵魂的给养站，他的童年回忆有着梦幻桃源的韵味，因为他在故乡的成长经历，就是如此安宁与祥和。汪曾祺在故乡度过童年与少年时期，他家庭条件优渥，是高邮当地的望族，深受全家宠爱，是个"惯宝宝"，他的父亲慈爱温和，有传统水乡才子的特点，雅好颇多，世代行医之外，擅长绘画和手工，会为了让孩子高兴一晚上，鼓捣半天做一个西瓜灯。虽然汪曾祺幼年丧母，但继母亦十分钟爱他，他幼年聪慧，严厉的祖父都对他青眼有加，吃斋念佛的祖母更是对他视若珍宝。在这样的氛围下长大，从小围绕他的，都是爱和美，少年的汪曾祺用一双纯净的眼睛，于故乡街里穿行寻觅，看见的自然都是雅趣与和谐，在故乡，汪曾祺生活得无比惬意自在，儿时的净土自然也就成为他心灵的港湾。

　　汪曾祺晚年重拾文笔之时，已经年过六旬，各种运动都经历了一番，几次起落，虽然实际的伤害不大，但是对一个温和儒雅的水乡文人来说，也足够惊心动魄，汪曾祺从来不是一个"斗士"型的文人，他是一个自知不合时宜就会默默销声匿迹，自觉边缘化的儒雅才子。遇到狂风暴雨的时候，汪曾祺的内在性格，使得他选择回避、逃遁，当环境严酷时候，他选择搁笔，当暴风雨停息的时候，他悄悄捡起搁置已久的笔墨，以"梦境"的方式回到他最为舒适惬意的心灵居所。他的天然气质是属于高邮水乡的，那是柔软的，向往着纯粹美的才子灵魂，他宁愿躲进诗意的故乡，在完美的梦里歇息疲惫，在自己一手塑造的幸福幻境中沉醉，也不愿面对飘摇的现实，控诉抗争。只有在亲笔写下的梦境里，他暂时回到了念念不忘的明澈水乡故里，回到清秀明敏的少年时期，达到了精神返乡。汪曾祺笔下的故乡高邮，不只是他的少时居所，更是他漂泊半生终于得以栖息的诗意故居，是他疲惫心灵的精神家园。

第二节

游子笔下的他乡

一、"第二故乡"昆明

汪曾祺于1939年夏天从故乡高邮辗转至云南昆明,考入西南联大中文系,1946年秋离开昆明①。在昆明,汪曾祺学习生活了七年。昆明是汪曾祺离开家乡后第一个长期生活的地方,是他离开故里,开始独立生活的起点。汪曾祺自己也将昆明认作是他的第二故乡。他心中昆明的湖山是值得留恋的②。在昆明,汪曾祺就读于西南联大,在这里,他师从沈从文,这位他从心底仰慕,也影响他至深的良师,也求教于闻一多等多位老师,得以系统学习中国文学,在自由的氛围下开始读书写作,为今后的文学创作打下基础。

昆明的生活,对于一个穷学生来说,是捉襟见肘的,与在家乡时的富足安逸截然不同,但是物质上的贫困并没有影响到汪曾祺的精神状态。在昆明的日子,汪曾祺的精神是极其富足乐观的。在《西南联大中文系》等多篇回忆文章中,汪曾祺自认是一个不用功的学生,在西南联大的学习,属于极其散漫的做派,白天睡觉,晚上去图书馆翻翻书,喜欢的课程去听,不喜欢上的课程就不去。他认为正是由于在昆明,就读于西南联大的学习经历,才让他成为一名作家,或者说是

---

① 陆建华:《汪曾祺传》,江苏:江苏文艺出版社,1997年版,第344—346页。
② 汪曾祺:《觅我游踪五十年》,《汪曾祺全集》第五卷,北京:北京师范大学出版社,1998年版,第157页。

这样一个作家①。在昆明读书的经历,是汪曾祺奠定文学基础的重要时期,也是他师从沈从文的关键性契机。

  在往后的日子里,汪曾祺对昆明七年生活的回忆,总是充盈着美好的感情。虽然当时时局不稳,条件艰苦,但在汪曾祺的回忆中,昆明的日子是温情而有趣的。其间正值战乱,昆明防空警报频发,时有飞机轰炸,这样兵荒马乱的经历,汪曾祺写成《跑警报》一文,却是妙趣横生,仿佛有莫大的趣味。"一有警报,别无他法,大家就都往郊区跑,叫作'跑警报'。也有叫'逃警报'或'躲警报'的,都不如'跑警报'准确。'躲'太消极;'逃'又太狼狈。唯有这个'跑'字于紧张中透出从容,最有风度,也最能表达丰富生动的内容。"②一个跑字,都能派生出绝妙的含义,这种于危难中依旧谈笑风生的做派,是洒脱和豁达的。西南联大的学子们将跑警报的过程,当成谈恋爱的机会,男同学正好得以表现一点骑士风度,给女同学们献献殷勤。汪曾祺到昆明求学,开始还能收到家里的生活费,后面由于战时封锁,就断了经济来源,一开始下大馆子,后来去小吃店吃小吃,最后开始找同学蹭饭,对于从小衣食无忧的汪曾祺来说,这是从没经历过的物质匮乏,但是汪曾祺不以为苦,根据这段经历写出多篇回忆昆明美食的散文,如《昆明的吃食》《昆明菜》《泡茶馆》等。汪曾祺回忆起老字号饭馆、小茶楼、路边摊贩,全都头头是道;讲起汽锅鸡、山菌野味和米线饵块、乳扇咸菜,一样的滋味无穷。物质的匮乏丝毫没有阻碍精神的丰富,远离故土的游子,在昆明找到了富含养分的精神家园。

---

  ① 汪曾祺:《西南联大中文系》,《汪曾祺全集》第四卷,北京:北京师范大学出版社,1998年版,第359页。

  ② 汪曾祺:《跑警报》,《汪曾祺全集》第三卷,北京:北京师范大学出版社,1998年版,第394页。

汪曾祺对昆明的氛围和景色，是颇为欣赏的。他在《翠湖心影》中对昆明的翠湖赞赏有加："翠湖这个名字起得好！湖不大，也不小，正合适。小了不够一游；太大了，游起来怪累。"①这"大小适中"最为难得，刚好符合汪曾祺所追求的和谐。他用"秋尽江南草未凋"把翠湖和江南湖泊相比，认为翠湖风景秀美、四季皆宜，是昆明的眼睛。同样回忆昆明景色的，还有《昆明的雨》《昆明的花》等，汪曾祺喜爱昆明的景色，明丽的湖泊、湿漉漉的天气，连绵的细雨，在雨水中总是被打湿的香花。昆明的风物，和他从小习惯的家乡高邮，在审美情趣上一脉相承。秀美温润的湖泊水色，冲淡中和的脉脉温情，都足够打动一个孤身离家的水乡游子，因此，汪曾祺在昆明觉得舒适惬意，将这里看作是第二故乡，也就是顺其自然的了。

在昆明，汪曾祺遇到了一生的伴侣施松卿，他晚年的回忆，依旧充满奇幻的浪漫情怀：施松卿在昆明郊区捡了一匹军队丢下的战马，"一个文文弱弱的年轻女人，在黄昏的天色中牵着一匹高高大大的马漫不经心地在郊外散步，真是漂亮！"②昆明的生活，在汪曾祺的回忆里，是浪漫美好的，虽然身处边陲之地，战乱频发，缺衣少食，但是却充满了一种浪漫主义的情怀，少年不知愁滋味，那时的惆怅，是几位同窗共赋的几句谁也不懂的朦胧诗："所有的东边都是西边的东边""树上没有两片叶子是一模一样的。"③昆明的生活，开阔了汪曾祺的眼界，让他从思想上和见识上都获得了极大的自由，那时，少年的汪曾祺，以跳脱而带着一丝忧郁的思想，尽情徜徉在中外文学的海

---

① 汪曾祺：《翠湖心影》，《汪曾祺全集》第三卷，北京：北京师范大学出版社，1998年版，第362页。

② 汪朗、汪明、汪朝：《生死相依的"老鸳鸯"》，《老头汪曾祺——我们眼中的父亲》，北京：中国人民大学出版社，2000年版，第258页。

③ 汪朗、汪明、汪朝：《吃饭泡茶馆苦中有乐》，《老头汪曾祺——我们眼中的父亲》，北京：中国人民大学出版社，2000年版，第40页。

洋中，对未来充满希望，无忧无虑。在汪曾祺晚年的短篇小说《小嬢嬢》里，不为世俗所容的恋人无处安身，避世逃遁的时候，作者让他们去到云南昆明，在汪曾祺的印象中，这里四季如春、风景秀美、物产丰富，是远离尘世的世外桃源，这对恋人终于在生命的最后时光度过了一段舒心的日子。昆明，是汪曾祺的心目中桃源的延续，虽然偏远，但却是一个精神可以得到极大自由的、完美的避世所。在昆明这个第二故乡，汪曾祺满怀着对未来无限可能的憧憬，得到了精神的安定与滋养。

二、"自觉边缘化"的张家口

从1958年秋到1961年底，三年多的时间，汪曾祺在张家口工作生活[1]。这段时间汪曾祺是作为右派和摘帽右派的身份，在张家口下放劳动和工作的。这段时间汪曾祺的创作很少，小说只有《羊舍一夕》《王全》《看水》三篇，散文也只有《仇恨·轻蔑·自豪》一篇，他自言写作之所以断断续续，是因为长期以来强调文艺必须服从政治，他做不到因此就不写，逻辑也是很正常的[2]。这段时间，汪曾祺是被边缘化的，但也是他自觉边缘化的，他主动搁笔，远离纷争，随遇而安，这种心态，他自己分析，有受到老庄思想和本人气质的原因，更因为受到客观环境、生活和政治环境的影响[3]。虽然在张家口时期，汪曾祺的创作较少，但是这段时间的生活经历给了汪曾祺接触基层工作和农民工人的绝佳机会。他和农民工人同吃、同住、同劳动，一起睡

---

[1] 陆建华：《汪曾祺传》，江苏：江苏文艺出版社，1997年版，第348—349页。
[2] 汪曾祺：《作为抒情诗的散文化小说》，《汪曾祺全集》第八卷，北京：北京师范大学出版社，1998年版，第74页。
[3] 汪曾祺：《随遇而安》，《汪曾祺全集》第五卷，北京：北京师范大学出版社，1998年版，第141页。

大炕，在枕头上讲心里话，这才让他有机会近距离观察农民，了解农村，明白中国的农民。这对确立以后的生活态度和写作态度是很有好处的①。

《羊舍一夕》《王全》《看水》三篇小说，都描写张家口朴实劳动人民的日常生活，性格迥异的年轻工人，勤恳劳作的乡亲父老，表达对劳动人民的人性美的赞赏。这几篇作品事无巨细地叙述农场工作，广阔田野的自然景色，但有意识地规避了政治范畴，没有涉及任何可以称作主观意见的内容。这种写作风格和当时的特定的历史时代背景紧密相关。虽然如此，但从这段时期的作品依旧可以看出，汪曾祺通过这几年的劳动经历，对农民和农村生活的感情益发亲密，他对父老乡亲，对张家口的生活是有着眷恋感激之情的，这些人，在他处于低谷的时候，以朴素的感情接纳包容了他，而汪曾祺，也与在故乡高邮时候一样，用热切和平等的态度，与父老乡亲们打成一片，心灵得到了洗涤。

1961年，汪曾祺右派身份被取消，由于没有单位接收，只得留在张家口农科所协助工作，也因此，汪曾祺有了一段在沽源马铃薯研究站绘制《中国马铃薯图谱》的经历。沽源地处偏僻，是绝塞孤城，但是汪曾祺在此地却自得其乐，认为这段时期简直是神仙过的日子，自由自在，没有领导，不用开会，早上趁着露水去摘一把马铃薯花，画进图谱，下午画马铃薯叶子，再把画完的马铃薯块烤熟吃掉，别人眼中流放塞外的孤僻之所，却让汪曾祺自得其乐。这种甘于并且乐于边缘化的视角和心态，是汪曾祺本人的气质特点，也是他文学创作的精神气质。

在二十世纪八九十年代的创作中，汪曾祺又以张家口下放工作

---

① 汪曾祺：《随遇而安》，《汪曾祺全集》第五卷，北京：北京师范大学出版社，1998年版，第137页。

的经历见闻为题材，写出了《寂寞与温暖》《黄油烙饼》《七里茶坊》《护秋》《塞下人物记》等作品，其中比较有代表性的是《黄油烙饼》和《寂寞与温暖》。此时期的创作，虽然如《黄油烙饼》采用儿童视角，《寂寞与温暖》采用女主角视角，但作品立意更加深刻，不再只是对张家口农科所工作生活的田园牧歌式的记述，而是敢于触碰时代的创伤，用无辜孩童和柔弱女人的不幸遭遇，表达对特殊历史时代的反思，用无辜、弱小者的不幸，反映扭曲的时代背景下，善良柔弱的普通人的悲剧。《寂寞与温暖》中女主角沈沅的不幸遭遇，实际上就是汪曾祺本人心路历程的再现，"她不再觉得痛苦，只是非常的疲倦。定一个什么罪名，给一个什么处分都行，只求快一点，快一点过，不要再开会，不要再写检查"。[①]这几乎与汪曾祺在回忆性散文《随遇而安》里，写到被定为右派时的心理活动一模一样。汪曾祺这段时期写下的张家口，多了一分苦涩，却平添了几许对生命的反思与历史的底蕴。

张家口的生活经历，是汪曾祺秉承"天下有道则现，无道则隐"的名士风范，自觉边缘化的一段历程。虽然他一贯欣赏的是温和冲淡的中和之美，但是张家口的经历，对他日后的创作是大有益处的。他曾说："我当了一回右派，真是三生有幸。要不然我这一生就更加平淡了。"[②]这段时间的积淀，使他日后的创作，增添了生命和文字的厚重，在水乡甜美的温柔荡漾之外，加入了一丝凄凉苍劲的底蕴。

---

① 汪曾祺：《寂寞与温暖》，《汪曾祺全集》第一卷，北京：北京师范大学出版社，1998年版，第374页。

② 汪曾祺：《随遇而安》，《汪曾祺全集》第五卷，北京：北京师范大学出版社，1998年版，第132页。

三、"人间百态"北京城

汪曾祺一生居住时间最长的地方是北京。从1948年春至1958年夏的十年间,还有从1962年底至1997年离世的三十四年,一生共有四十四年在北京工作生活①。汪曾祺在《北京文艺》《说说唱唱》《民间文学》等杂志担任过编辑,在"样板团"当过编剧,在北京度过了平稳的晚年生活,创作出了他大部分的文学作品。汪曾祺笔下的北京大多围绕他在杂志社和剧团的工作范畴和晚年的日常生活。

汪曾祺关于北京的作品,有一类以描写人物为主,将剧团同事、演员作为原型的,还有以北京街头巷里的普通市民为原型的。谈到以剧团演员为原型进行文学创作,起初汪曾祺是持否定态度的,他在1982年发表的《道是无情却有情》一文中说:"我在剧团生活了二十年,应该是比较熟悉的。有的同志建议我写写剧团演员,写写他们的心灵美。我是想写的,但我一直还没写,因为我还没有找到美的心灵。"②虽然之后汪曾祺还是创作了一些以剧团演员和工作人员为原型的作品,但是这种态度本质上没有更改,这些作品不是以反映人物心灵美为目的,而是用戏谑嘲讽的笔调,描写剧团各色人等的荒谬行径,披露在扭曲的时代浪潮中被异化的人性。代表作有《云致秋行状》《生前友好》《红旗牌轿车》《子孙万代》《不朽》《当代野人系列三篇》《非往事》等。以《云致秋行状》为例,文中的主人公云致秋本来是个厚道仁义、淳朴善良、安于本分的普通剧团演员,为人处世重情讲理,从不坑害别人,处世格言就是"小心干活,大胆拿钱"。"不多说,不少道","在台上保管能把主角傍得严严实实,不洒汤,不漏水,

---

① 陆建华:《汪曾祺传》,江苏:江苏文艺出版社,1997年版,第346—368页。
② 汪曾祺:《道是无情却有情》,《汪曾祺全集》第三卷,北京:北京师范大学出版社,1998年版,第280页。

叫你唱得舒舒服服。该你得好的地方,他事先给你垫足了,主角略微一使劲,'好儿'就下来了;主角今天嗓子有点失润,他也能想办法帮你'遮'过去,不特别'卯上',存心'啃'你一下。""台下人缘也好。从来不'拿糖'、'吊腰子'。是个幽默、热心重情的人。"①但是文革来临,他原本恪守的与人为善的做人原则和世界观完全崩塌了,为了自保,他开始批判书记、写揭发材料,交出治安保卫工作的材料,文革结束了,云致秋也完了,他扪心自问:我这也是一辈子,我算个什么人呢?云致秋本来做人的坚守与温和,只余下无奈和凄凉。云致秋的悲哀,是个人的不幸,更是时代的悲剧,是原本善良的人们被压迫、扭曲,不得不放弃人性坚守的悲歌。《当代野人三篇》文如其名,是汪曾祺少有的,较为犀利的作品。汪曾祺在文中嬉笑怒骂,讽刺挖苦"文革"中混淆黑白,手握权柄,整人害人的卑劣之徒:迫害"黑帮"的剧团三流演员耿四喜,去世的时候露出的两只脚,像某种兽物的蹄子,颜色发黄。专业抄家打砸抢的造反派,大字不识一个,成天以整人为乐,名叫夏构丕,实际就是"夏狗屁"。②这是汪曾祺1996年的作品,也是他少有的直抒胸臆,快意恩仇之作。他曾坦言以《当代野人》为题进行创作,就是要揭露本民族盲从自私、残忍野蛮的扭曲的文化心理③。

同样是描写人物,汪曾祺对北京的平民百姓,却是喜爱和包容的。他有不少描写北京胡同阶层和普通百姓的作品,有《闹市闲民》《晚年》《大妈们》等,在他的笔下,各类街头闲人,邻里街坊都有其

---

① 汪曾祺:《云致秋行状》,《汪曾祺全集》第二卷,北京:北京师范大学出版社,1998年版,第73—74页。
② 汪曾祺:《当代野人三篇》,《汪曾祺全集》第二卷,北京:北京师范大学出版社,1998年版,第494页。
③ 汪曾祺:《〈当代野人三篇〉题记》,《汪曾祺传》,江苏:江苏文艺出版社,1997年版,第365页。

可爱之处。《闹市闲民》写每天静坐无事的老人,他们闲坐度日的晚年生活,在汪曾祺的慧眼中,被升华为精神世界的平静安宁,无喜无忧,无欲无求,恬淡高洁,因此这老人简直是个"活庄子"。《大妈们》写拆迁楼里的几位邻居大妈,各有所好,平凡的生活中自得其乐,爱管闲事但绝不搬弄是非。

将汪曾祺同时期创作的,写北京市民和剧团人物的作品进行比较分析,可以看出,汪曾祺感兴趣的依旧是普通人的喜怒哀乐,他的感情是与普通百姓连在一起的,在内心深处,他依旧是那个故乡高邮带着一双好奇眼睛的少年。但是经历过世事变迁,几经动荡,再看待人与事,已经不再全都蒙上温情的面纱,他的作品中有了一些凄楚的意味,以及对人性、对时代的思辨。

除了写人,汪曾祺关于北京的作品还涉及风土民俗,文章有:《安乐居》《人间草木》《草木春秋》《胡同文化》《北京的秋花》《星期天》《听遛鸟人谈戏》《贴秋膘》等,这些作品关注老北京的民俗风情,在北京长期生活的汪曾祺,在耳濡目染中对北京市民文化产生了一种特殊的认同情结。《安乐居》写的是一个胡同中的小酒馆,市井百姓在这里喝酒聊天,打发光阴,这里只有兔头、猪蹄、花生、毛豆一类下酒小菜,和最普通的"一毛三分一两"的酒。在此聚集的有厨师、看门人、蹬三轮的、做小买卖的、酒友们一起天南海北,谈天说地,充满北京市民阶层的独特风味,人与人之间的脉脉温馨,一种平凡里的闲适意趣。在《胡同文化》中,汪曾祺写北京人的特点:北京人易于满足,物质要求不高。"有窝头,就知足了。大腌萝卜,就不错。小酱萝卜,那还有什么说的。臭豆腐滴香油,可以待姑奶奶。虾米皮熬白菜,嘿!"北京人爱看热闹,但不爱管闲事的特点,北京胡同文化的精义"忍"字,都让汪曾祺有所感悟。

汪曾祺笔下的北京,是带着故乡的精神体验,感受到的老北京文化，是充满悠闲和趣味的市井生活；是在北京市民阶层身上留存的平凡人生乐趣，这些正好契合他一直以来追求闲适的人生态度，固守的心灵净土，随遇而安，不愿参与纷争的生存哲学。面对北京胡同文化的没落，汪曾祺带着不舍和感伤的情绪，但他本着一贯的豁达，用文字的记录完成精神的告别。

第三节

故乡审美观照下的他乡

汪曾祺的作品，有很强的地域色彩：故乡高邮的水乡风情、昆明浪漫闲散的边陲风景、质朴苍凉的张家口农场、老北京胡同文化的式微。这些浓厚的地域特征背后，有一种内在的审美意趣联系，追求淡泊冲和、温润融洽的精神意象。汪曾祺追求的"和谐"的精神境界，在这些作品中是一脉相承的，无论所处的地域环境如何，他的审美理念是贯彻始终的。这种贯穿始终的审美范式源自汪曾祺的故乡高邮，故乡的地域文化影响着汪曾祺的审美情趣、性格气质，影响着汪曾祺对他乡的审美判断，影响了他的书写方式和思维理念，孕育出了他独特的艺术风格。

一、受故乡影响的审美范式

故乡高邮的地域文化对汪曾祺有着多方面的影响，有潜移默化的熏染，也有自觉自愿的追求。汪曾祺有关故乡的作品，是以他梦想中的理想国为蓝本。汪曾祺所追求的，一向是和谐淡泊的调和之美，他的感情"融化在叙述和描写之中，隐隐约约，存在于字里行间"①。他写作虽然是出于美学的感情需要，即使"没有地方发表也没关系，写出来自己玩"，但也是为了"运用朴实的语言把生活写得很美、很健康、富有诗意，把生活中真实的东西、美好的东西、人的美、人的诗意告诉人们，使人们的心灵得到滋润，增强对生活的信心、信念"。②汪曾祺对于美的追求贯穿他文学创作的始终，他因此而创造的理想化的家乡就是他美学追求的具体表达。理想化的家乡和那里超然世外的人性之美，不仅体现了汪曾祺的艺术追求，也反映了他看待客观世界、丈量人情冷暖的内化尺度。这些关于家乡的梦境、经过美化后的故乡回忆，都是他对自己品格气质和心理个性的反复强调。心理学家弗洛伊德在《作家与白日梦》中分析作家在作品中为读者呈现的幻梦，他认为文学作品中的所有幻想，都是作家本人愿望的满足，作家因为在真实世界中的愿望没有得到满足，而去在作品中进行幻想，从而得到对令人不满足的现实的心理补偿。这些幻想，是在过去现实经历的基础上，描绘出一幅关于未来的画卷③。汪曾祺有关故乡的作品，正符合这样的分析，《受戒》是他四十三年前的梦，汪曾祺曾强调，他写的是恋爱的感觉，并不是真实的经历。这是少年的汪曾祺，对当年朝夕相处的美丽乡村姑娘所怀有的并未言明的好感，是在经历了半世沧桑后，描绘出的美好幻梦。《受戒》中的明海，《晚饭花》《昙花、鹤和鬼火》里的李小龙，都是汪曾祺少年时代的缩影，都是弗洛伊德

---

① 汪曾祺：《道是无情却有情》，《汪曾祺全集》第三卷，北京：北京师范大学出版社，1998年版，第281页。

② 汪曾祺：《美学感情的需要和社会效果》，《汪曾祺全集》第三卷，北京：北京师范大学出版社，1998年版，第281页。

③ 西格蒙德·弗洛伊德著，车文博主编：《作家与白日梦》，《达·芬奇的童年回忆》，北京：九州出版社，2014年版，第88—90页。

所提到的,每场白日梦和每篇小说中的主角,都是那个"至高无上的自我"。①弗洛伊德认为,作家通过美学形式的快感来俘虏读者,作家向读者提供快乐,是为了从更深的精神源泉中为自己释放出更大的快乐,是因为作者把自己的幻梦分享给了所有的读者,却又不必去自责或者害羞。

汪曾祺笔下的故乡,不仅是他幻梦的重现,也是他得以逃遁安歇的精神家园。故乡的人情风俗、水韵桃源,这些包括自然和人文在内的地理环境,关注的焦点已经不是故乡的现实特点,而是作为审美对象的故土,给作者自身造成的主观感受。人文主义地理学家段义孚认为:人类文化可以看作是一个"逃避"的过程,人类逃避的对象分别是严酷的自然、束缚人性的文化、未知的混沌和人类自身的兽性②。人类无法在纯粹、残酷的自然环境中生存,只有在经过改造的环境中,人类才能舒适地生存繁衍。人类为了逃避自然,用各种文化手段创造出文化的世界,但是喧闹的城市,苛刻的戒律、严厉的宗教禁锢,这些人为设定的必要条件所组成的文化世界并不能彻底满足人类的情感诉求。因此,人类选择了逃向自然,这种自然是人类想象中的自然,也就是段义孚所说的"中间景观",它们处于人造都市与野蛮的大自然这两个端点之间,可谓是人类栖息地的产物,譬如郊区、花园城市,等等。这类景观使人们不必进行远距离的跋涉就可以逃避自然的蛮荒,但同时又消解了城市生活的文化束缚③。汪曾祺笔下的庵赵庄(《受戒》)和大淖(《大淖记事》)正是此类中间景观的典型代表,

---

① 西格蒙德·弗洛伊德著,车文博主编:《作家与白日梦》,《达·芬奇的童年回忆》,北京:九州出版社,2014年版,第91页。

② 段义孚著,周尚义、张春梅译:《译者序》,《逃避主义》,河北:河北教育出版社,2005年版,第5页。

③ 段义孚著,周尚义、张春梅译:《逃避主义》,河北:河北教育出版社,2005年版,第29页。

这两个地方介于城镇和乡村之间，在清规戒律管辖之外，不在乎那些"穿长衫"的街里人的世俗规矩，与自然融为一体，衣食无忧，四季花开，无须对抗严苛的环境也能得到大自然的馈赠。这种介于文化和自然之间的设定，使得汪曾祺笔下的故乡景观看起来真实而富有生活的气息，更像是理想生活的本来面目，使得原始的自然和城市文化刻板无趣。

无论是作家白日梦的再现，还是出于逃避动机而塑造的"中间景观"，汪曾祺笔下的故乡都是他灵魂所向往的安歇之所，是他心底愿望的具象化表现。汪曾祺在描摹故乡的作品里，努力建立人与自然，人与人之间的和谐温情之美，用理想化的故土，逃避伴随作者个人意识的内心情感，用来逃避沧海桑田后内心的孤独和沧桑。

二、故乡审美范式下的他乡书写

汪曾祺一生漂泊，在故乡高邮生活到十九岁半，但是对高邮的感情依旧深厚和浓烈。汪曾祺晚年乡愁浓厚，他曾经看着电视上关于高邮的电视片，潸然泪下，因为他对故乡深厚的感情，在他去世后，他的家人决定在墓碑上写"高邮 汪曾祺"。[①] 对于汪曾祺来说，高邮不只是他成长的地方，也是他的审美风格与个人气质形成的根源。他用受到故乡影响的审美理念，作为内化的标准，自觉或不自觉地衡量着他乡的风土人情，书写下自己的天涯羁旅。汪曾祺少年离家去昆明求学，虽无鲜衣怒马，但也春风得意，昆明的求学经历，是他美好的回忆，写到昆明翠湖，他用的是"秋尽江南草未凋"，因为"昆明的树，到了冬天也还是绿的"。昆明的翠湖，不大，也不小，正合适一游，

---

① 汪明：《高邮 汪曾祺》，《老头汪曾祺——我们眼中的父亲》，北京：中国人民出版社，2000年版，第256页。

既够一游，又不会太大，游览太累，翠湖给了游子"浮世的安慰和精神的疗养"。①他写：我想念昆明的雨。连绵不停，下起来没完，但并不使人厌烦，明亮丰满的、使人动情的浓绿雨季，数不清的白花和饱胀的花骨朵，引发了游子淡淡的乡愁②。汪曾祺书写的昆明，反映的是高邮游子心中的内化审美标准：大小适宜，四季浓绿的翠湖，依偎着昆明市，明丽秀美，让汪曾祺联想起家乡的高邮湖，符合高邮水乡才子的审美意趣。连绵的细雨，让他多年后还能回忆起当时的情味，故乡的雨季也是一样的细润悠长，也是开满了香气扑鼻的花朵，他说是带着雨珠的花朵让他的心软软的，不是怀人、不是思乡，但却提起李商隐的《夜雨寄北》，是为久客的游子而写，引起了他的乡愁。

汪曾祺所赞赏的他乡风景，都与他故乡风情有着相通之处，那些与故乡审美规范相去甚远的他乡山水，无法让他感到舒适自在。正如他眼里的新疆伊犁赛里木湖，是神秘而恐怖的。

"赛里木湖的水不是蓝的呀。我们看到的湖水是铁灰色的。风雨交加，湖里浪很大。灰黑色的巨浪，一浪接着一浪，扑面涌来。撞碎在岸边，溅起白沫。这不像是湖，像是海。荒凉的，没有人迹的，冷酷的海。没有船，没有飞鸟。赛里木湖使人觉得很神秘，甚至恐怖。赛里木湖是超人性的。它没有人的气息。湖边很冷，不可久留。"③

汪曾祺不能接受伊犁赛里木湖苍凉壮阔的景色，不能认同这种完全超脱文明的蛮荒之美。赛里木湖的荒凉和冷酷让他感到不适，甚至不能久留，他心中的湖，应是故乡高邮湖那样明朗秀丽的。那是滋润

---

① 汪曾祺：《翠湖心影》，《汪曾祺全集》第三卷，北京：北京师范大学出版社，1998年版，第362页。

② 汪曾祺：《昆明的雨》，《汪曾祺全集》第三卷，北京：北京师范大学出版社，1998年版，第378页。

③ 汪曾祺：《赛里木湖·果子沟》，《汪曾祺全集》第三卷，北京：北京师范大学出版社，1998年版，第247页。

鱼米之乡的源头，水草丰美、生机勃勃、大小适中、湖泊与城镇相依偎，和人类生活融为一体。赛里木湖的氛围与他以故乡为内化标准的审美规范相抵触，因此也就无法得到他的认同与欣赏。

不仅是苍凉壮阔的赛里木湖，汪曾祺眼里的美国公园，同样没有美感可言。

"美国的公园和中国的公园完全不同，这是两个概念。美国公园只是一大片草地，很多树。没有亭台楼阁，回廊幽径，曲沼流泉，兰畦药圃。中国的造园讲究隔断、曲折、借景，在不大的天地中布置成各种情趣的小环境，美国公园没有这一套，一览无余。我在美国没有见过假山，没有扬州平山堂那样人造峭壁似的假山，也没有苏州狮子林那样人造峰峦似的假山。……公园，在中国是供人休息、漫步、啜茗、闲谈、沉思、觅句的地方。美国人在公园里扔橄榄球，掷飞碟，男人脱了上衣、女人穿了比基尼晒太阳。"

汪曾祺认同的景观，是安排得当，充满情趣的人文自然，是经过改造后一切都恰好适宜的曲径通幽，是介于自然世界和文化世界之间的缓冲地带，是兼具二者之美的中间情态。美国公园那样未经改造的自然环境，让他无法与概念中的苏州园林相对应，就连中国公园和美国的公园存在的意义都大相径庭：一个是为文人雅士提供环境优雅，可供歇息、思索的场所，为的是舒缓心灵，创造精神的火花；另一个是完全投入自然的怀抱，尽情舒展，享受阳光的抚慰。这两者的区别，不只在于对于外在环境的改造与否带来的审美差异，而在于公园这个场所对于人类来说，存在的终极意义。汪曾祺推崇的中式园林，最终体现的是对人文精神的认同，是一个为人们提供暂时歇息的，介于自然世界和文化世界之间的"中间景观"，因此，纯粹的蛮荒与自然是不符合他的审美范式的。

汪曾祺所推崇的美，是经过修葺的园林、哺育乡民的母亲湖，是经过改造的自然风景和野趣天然的城镇乡村，是故乡高邮那样，自然和人文相互调和，互相依存的美学范式。他逃避纯粹的自然，抵触赛里木湖那样的原始苍凉；他逃避文化的束缚，不愿与"穿长衫的街里人"为伍，宁愿自由奔放，以"思无邪"的境界生活在大淖和荸荠庵；他同样逃避人类的兽性，不愿书写颠倒黑白的时代里人性的丑恶。汪曾祺一生追求的"和谐"境界，是在自然和人文中寻找一个平衡点，在热闹的喧嚣和疏离的旁观之间保留一块心灵的净土，究其根本，是受到故乡高邮影响的审美规范，内化出的审美本能。

第四章 多元文化融合下的汪曾祺创作风格流变

第四章　多元文化融合下的汪曾祺创作风格流变

二十世纪八十年代初期，汪曾祺发表《受戒》，一炮而红，但他的文学创作从二十世纪四十年代就已经开始。1949年，汪曾祺出版小说集《邂逅集》，包括《复仇》《落魄》《老鲁》《鸡鸭名家》《邂逅》《戴车匠》等作品。1963年，汪曾祺出版《羊舍的夜晚》小说集，包括《羊舍一夕》等三篇短篇小说。之后由于历史时代的桎梏，汪曾祺一度中断创作，直至1980年后，发表《黄油烙饼》《受戒》《大淖记事》《异秉》等多篇小说，《"揉面"》《两栖杂述》《小说散文化》《回到现实主义，回到民间传统》《文学语言杂谈》《沈从文的寂寞》等散文和文论，陆续出版《晚饭花集》《寂寞与温暖》《汪曾祺自选集》《晚翠文谈》等小说集、散文集和文论集。

汪曾祺的文学创作时间跨度很长，是中国当代文学中少有的"跨代"作家，对汪曾祺文学风格的评论也存在多样化，"中国最后一个士大夫""寻根文学的起源""京派作家""先锋小说"等。所有的评论，都体现了汪曾祺文学创作的不同特质，说明汪曾祺创作特征的多样性和复杂性。汪曾祺的作品风格并不是一成不变的，他的创作时间，跨度长达近半个世纪，从他的青年时期直到晚年，历经各种社会动荡与历史变革，在不同时期受到西方现代主义、民间文学、中国传统文化、魔幻现实主义等多元文化思想的影响，作品风格在不同的时期存在着显著的变化。

无论哪个时期，故乡高邮都是汪曾祺的灵感源泉，但是不同时期对于家乡的书写，却有着迥异的创作风格和审美态度。汪曾祺不同时期对故乡高邮的书写变化，体现的是多元文化融合的影响以及深厚的生命历程的沉淀。汪曾祺对故乡高邮书写的笔法、风格以及审美立场的转变，实际上体现了他一路走来的人生足迹，代表着他立场和视角的变化，代表他对高邮文化的接纳、思索与重新认识。

第一节

汪曾祺早期作品与西方现代主义文学思想

一、西南联大与西方现代主义文学思想

不少评论认为汪曾祺是一名典型的中国传统文人，但其实汪曾祺很早就受到了西方现代主义文学思想的影响。汪曾祺十九岁半离开家乡，赴昆明的西南联大求学，随身所带的两本书是《沈从文选集》和屠格涅夫的《猎人笔记》，汪曾祺认为这两本书对他后来的写作，影响极大①。汪曾祺于1939年考入西南联合大学，1946年离开昆明，在昆明的七年，都与西南联大紧密相连。在西南联大，汪曾祺得以进一步了解西方现代主义文学的思想。

西南联大全称"国立西南联合大学"，是抗日战争时期，由国立

---

① 汪曾祺：《我的创作生涯》，《汪曾祺全集》第六卷，北京：北京师范大学出版社，1998年版，第491页。

北京大学、国立清华大学和私立南开大学三所优秀的大学，联合组建而成的。前身为1937年8月建立的国立长沙临时大学，1938年4月西迁至昆明，改称国立西南联合大学。西南联大在艰苦的战争岁月里，为中国培养了大批优秀人才，为中华民族赓续了文化血脉，保存了知识和文明的火种。西南联合大学集中了当时中国最顶尖的一批学者，包括陈寅恪、吴宓、胡适、冯友兰等处在各高校重要学术岗位的成熟学者，也有钱钟书、费孝通、冯志、卞之琳等刚刚学成归来，较为年轻的后起之秀，这两代学者一起，构成了西南联大的教授群体，他们具有完备的中西教育背景，欧美化程度非常高。当时西南联大179位教授当中，留美的有97位，留欧陆的38位，18位留英，3位留日[①]。西南联大文学院包括中文系、外文系、历史系、哲学心理系、西南联大的作家主要集中在中文系和外文系。朱自清、罗常培、闻一多、杨振声、罗庸都先后做过西南联大中文系的系主任。其中朱自清、闻一多、杨振声都是影响中国新文学发展的作家和诗人。教授有沈从文、陈梦家、李广田等，新文学的力量很强，中国文学系的教授有叶公超、柳无忌、陈福田、吴宓、潘家询、陈铨、钱钟书、闻家驷、冯至、卞之琳，等等，新诗人就有好几位。九叶派诗人中的郑敏、袁可嘉、杜运燮、穆旦都出身于西南联大，其中除郑敏以外都是外国语文学系的[②]。九叶诗人大多数出自西南联大，且大多是卞之琳、冯志、沈从文的友人或学生，可见西南联大对中国新文学的影响。

　　西南联大虽然是由三所大学联合，但是受清华大学的影响很深，清华大学西化程度很高，对英文的要求很严格，汪曾祺由于英文不好，留校补考了一年才过关。西南联大教授大多数具有西方留学背景，因此在这样的氛围里接受大学教育，展开文学创作之路，有机会

[①] 谢泳：《西南联大与汪曾祺、穆旦的文学道路》，《文艺争鸣》，1997年第4期。

[②] 谢泳：《西南联大与汪曾祺、穆旦的文学道路》，《文艺争鸣》，1997年第4期。

读到很多当时最新的国外译作,学习西方现代文学理念,从开始就具备较为宽阔的理论视野,也就自然而然地受到西方文学思潮的影响。西南联大的教学理念十分宽松自在,正符合汪曾祺的脾性。汪曾祺在《西南联大中文系》中,将西南联大中文系的学风概括为:民主、自由、开放①。不重抄书,而看重学生的独创性见解,教授授课方式也是天马行空,各行其是,几近随心所欲。汪曾祺在这样轻松自由的环境下,如鱼得水,他经常通宵去中文系图书馆看书,白天在宿舍睡觉,昼夜颠倒,以致与睡在他下铺的历史系同学,在四年大学时间从未谋面。汪曾祺不是一个刻苦用功的学生,他感兴趣的课程就上,不感兴趣的就不去,大多数西南联大中文系的教授都不很看重考勤,注重学生的才华,但也由于缺课次数过多,使得较为严格的朱自清先生对他印象不佳。关于在西南联大的日子,汪曾祺曾说过:"虽然我读的是中国文学系,但是大部分时间是看翻译小说。当时在联大比较时髦的是A·纪德,后来是萨特。我20岁开始发表作品,外国作家我受影响较大的是契诃夫,还有一个西班牙作家阿左林。我很喜欢阿左林,他的小说像是覆盖着阴影的小溪,安安静静,同时又是活泼的,流动的。我读了一些弗金妮·沃尔夫的作品,读了普鲁斯特小说的片段。我的小说有一个时期明显地受了意识流方法的影响,如《小学校的钟声》《复仇》。"②在这段挑灯夜读的日子里,汪曾祺有机会接触到大量的西方译著,广泛阅读最新的西方小说,阅读范围包括东欧、英国、俄国、美国、法国、西班牙文学在内的一系列名家之作,对西方文学的广泛涉猎影响了汪曾祺的早期文学创作。使得他从开始就具有多种

---

① 汪曾祺:《西南联大中文系》,《汪曾祺全集》第四卷,北京:北京师范大学出版社,1998年版,第355页。
② 汪曾祺:《自报家门》,《汪曾祺全集》第四卷,北京:北京师范大学出版社,1998年版,第288页。

文化的广泛视角，有意识地在创作过程中模仿和使用西方现代主义文学的思想和方法。正是由于在西南联大，对西方现代主义文学的思想和方法的学习与借鉴，才使得汪曾祺能够在之后的文学创作中，不断融合西方现代的文学理念和写作笔法，结合民间文化，创作出独具特色的高邮系列作品。

二、汪曾祺早期作品中的意识流风格

汪曾祺早期发表的作品，部分受到西方意识流方法的影响，较为明显的有《复仇》《小学校的钟声》《绿猫》《礼拜天的早晨》等，这几篇作品均运用了意识流的写作手法，充满了浓郁的实验色彩。《复仇》经过一次改写，细节更加丰富，但故事的梗概结构没有大的变动，依旧讲述离家复仇的遗腹子，遇到出家做和尚的仇人，选择放下仇恨，从而释放自己的故事。改写后的《复仇》，意识流的写作实验色彩更为浓厚，主人公的意识思绪描写更为复杂多向，跳跃性强，不再遵循平实的逻辑线前行，而是随着意识的流动在不同的层次穿梭，加入了大段的幻觉。

"白发的和尚呀。他是想起了他的白了发的母亲。山里的夜来得真快！……货郎的拨浪鼓在小石桥前摇，那是他的家。他知道他想的是他的母亲。而投在母亲的线条里着了色的忽然又是他的妹妹。……想起这个妹妹时，他母亲是一头乌青的头发。……母亲呀，我没有看见你的老。……他真愿意有那么一个妹妹。可是他没有妹妹，他没有！"[①]

复仇者的思维迁跃漂移，如风中烛火明灭不定，从"白发的和

---

① 汪曾祺：《复仇》，《汪曾祺全集》第一卷，北京：北京师范大学出版社，1998年版，第30—31页。

尚"联想到"白了发的母亲"再进一步想起走家串巷的货郎和期望却不存在的妹妹,表现出复仇者对逝去时光的悔恨,为之后放下执着一生,虚无缥缈的仇恨打下伏笔。在《复仇》中,主人公思维的跳跃和流动细腻而顺畅,须臾间闪现在心灵中稍纵即逝的思绪影响全都被具象化地表现出来,不连贯的、模糊的、甚至是缺乏表征意义的,变化万端的意识流被尽可能如实叙述在作品中。

《小学校的钟声》意识流手法运用得更为熟练。作品自始至终用第一人称书写,没有具体情节,萦绕着一种朦胧微妙的个人感受,贯穿始终的是学校的钟声,钟声是真实时间的提醒,也是情节发展的节点。在此篇中,思绪的跳跃性更甚,作品营造一种非理性的逻辑线索和无秩序的混乱思维。耳畔的钟声是联想的纽带,使"我"想起背诵的声音,想起图画板的材质,想起小学校里银杏树的金黄颜色,钟声作为一种纽带,连接了时间和空间,由听觉延展出记忆、视觉、嗅觉和听觉。从傍晚到天黑的一段时间,是作品中真实的时间节点,但是有限的时光,通过漫迁思绪的无限延展,丰富到了几乎没有穷尽的层次,使得相对时间流逝得极其缓慢,从而延长了生命的相对长度。

《绿猫》和《礼拜天的早晨》都采取第一人称的写法。《绿猫》用嵌套的手法,一层嵌套一层,从深夜楼下的汽车声联想到高尔基像、画家、小说、朋友"柏"的绿猫小说、与"柏"的雨天聊天、聊天中又有昆明求学的回忆、儿时生活的追溯,等等。作品中一次次嵌套回忆,时间空间交织缠绕。最后"我"在恍惚中惊觉天已透蓝,已过去了不知几个钟头。作品中的绿猫,是怪异的存在,代表文中想要倾诉,却不被人理解的孩子,虽然长大成人,却依旧终生孤独,绿猫代表的是现代人孤独感的象征。《礼拜天的早晨》没有情节,整体思绪更为散漫,写礼拜天早上,躺在浴缸里的"我",在身体静止的状态下,思绪如散开的水一样倾泻流淌,漫无目的,恣意蔓延,意识在日常琐事之中绕着圈子,昏昏欲睡,渐入谵妄,混沌占据了思维,树上的知了恍惚间仿佛在耳中鸣叫,"我"在临失去意识之前还想到这样睡去的姿势如同"马拉之死"一般,最后终于沉入无意识,昏沉入睡,文章也告终结。

汪曾祺说过:意识流造成传统叙述方法的解体。我年轻时是受过现代主义、意识流方法的影响的①。他认为人类的认识发展到一定阶段,就会发现人的意识是可以流动的,不是纯然理性的,由于意识流,作者和人物的意识是同时流动的,可以更加接近感受人物,更加真实。汪曾祺喜欢弗·伍尔夫,认为她的《到灯塔去》《浪》写得很美②。汪曾祺喜欢弗·伍尔夫式的作品,并受到她的影响写出具有意识流风格的作品,他认为弗·伍尔夫式的意识流风格作品,具有"那种行云流水,东一句西一句的,既叫人不好捉摸,又不脱离人世生活的意识流的散文。生活本是散散漫漫的,文章也该是散散漫漫的。"③汪曾祺的个人气质中,就有这样散漫不羁的气质风度,他推崇的一直是这种行云流水,散漫自在的生活方式,他不喜欢高尔基和托洛耶夫斯基等作家,认为那些要把自己当圣人的,都看起来很累,他认为作家就该看自己喜欢的作品,不用按照客观的文学评论来决定自己的阅读范围,他所受的西方意识流风格影响,是因为有机会在西南联大接触到西方最新的文学译著,为他打开眼界,提供多种文学视域关照,奠定外部客观条件,也有他自己本身的主观因素,因为汪曾祺本身倾向的文学风格就是如此,他说过有人发现废名和弗·伍尔夫的某些作品

---

① 汪曾祺:《西窗雨》,《汪曾祺全集》第五卷,北京:北京师范大学出版社,1998年版,第288页。

② 汪曾祺:《西窗雨》,《汪曾祺全集》第五卷,北京:北京师范大学出版社,1998年版,第287页。

③ 汪曾祺:《谈散文》,《汪曾祺全集》第六卷,北京:北京师范大学出版社,1998年版,第334页。

有着相似之处，虽然废名之前并没有读过弗·伍尔夫的作品。废名也是汪曾祺所喜爱并深受其影响的作家，这也能够佐证：汪曾祺所喜爱的，能够影响他创作风格的，无论中外，都是和他的精神气质相近的作家作品和理论风格。

汪曾祺早期的作品意识流风格较为明显，之后的作品，不再通篇运用意识流风格写作手法。但是西方意识流方法的影响依然存在。二十世纪八十年代初，高邮系列作品中的《大淖记事》，和回忆昆明的《钓人的孩子》都运用了意识流的写作手法。《大淖记事》中，巧云被刘号长侮辱后，一段心理描写，运用了意识流的写作手法。

"她想起该起来烧早饭了。她还得结网，织席，还得上街。她想起小时候上人家看新娘子，新娘子穿了一双粉红的缎子花鞋。她想起她的远在天边的妈。她记不得妈的样子，只记得妈用一个筷子头蘸了胭脂给她点了一点眉心红。她拿起镜子照照，她好像第一次看清楚自己的模样。她想起十一子给她吮手指上的血，这血一定是咸的。"①

这段描写巧云跳跃流动思维的段落，就运用了意识流的写作手法，将巧云遭逢不幸，还没有缓过神来，那种飘忽不定的精神状态描绘得十分精准，巧云思绪中片段飘忽而过的有日常琐事、新娘子出嫁、久未谋面的母亲还有心上人十一子，看似没有关联，实际却是巧云的心酸，母亲幼年抛夫弃子而去，没有做新娘子嫁给心上人，却被刘号长侮辱，意识流手法的代入书写，恰到好处地真实再现了人物的心境，没有悲怆的号啕和愤怒的控诉，纷杂的思绪却更有难掩的凄楚之意。

写于二十世纪八十年代初的《钓人的孩子》，开篇同样运用意识流的写作手法。

---

① 汪曾祺：《大淖记事》，《汪曾祺全集》第一卷，北京：北京师范大学出版社，1998年版，第428页。

"抗日战争时期。昆明大西门外。米市,菜市,肉市。柴驮子,炭驮子。马粪。粗细瓷碗,砂锅铁锅。焖鸡米线,烧饵块。金钱片腿,牛干巴。炒菜的油烟,炸辣子的呛人的气味。红黄蓝白黑,酸甜苦辣咸。每个人带着一生的历史,半个月的哀乐,在街上走"。[①]

文章开篇,用没有动词、主语的名词排列成句,组合成一段情景描写,将昆明街上热闹纷杂的街景一股脑呈现出来,气味、颜色、声音纷杂而至,乱哄哄地围绕在叙述者的周围,真实又细致入微。汪曾祺认为《钓人的孩子》开篇一段同样也是运用了意识流的写作手法[②]。

三、汪曾祺的创作和其他西方现代主义文学

汪曾祺在西南联大受到的西方现代主义文学思想影响,不只限于意识流的写作方法,他所喜爱的其他西方作家,也都对他今后的创作有所影响。汪曾祺喜爱的屠格涅夫、契科夫和西班牙作家阿索林,都对他的创作有着不同方面的影响。

屠格涅夫对普通民众存有的爱和同情,对自然细致入微的观察,都带给汪曾祺很深的影响,汪曾祺的创作历程中,无论在哪个时期,都对"人"本身怀有浓厚的兴趣,描摹的主角,始终集中在普通的底层百姓身上。契诃夫式的短篇小说,是汪曾祺一生创作的主要类型。

契诃夫那种随手拈来,毫不费力的轻松自在,深刻影响了汪曾祺的创作理念,汪曾祺推崇契诃夫式短篇小说"随便"的结构理念,契诃夫随便把文字丢来丢去,就成了一篇作品,汪曾祺喜欢的就是这样的轻松自在,随意洒脱,喜欢契诃夫对生活痛苦的思索和思索过后

---

① 汪曾祺:《钓人的孩子》,《汪曾祺全集》第二卷,北京:北京师范大学出版社,1998年版,第1页。

② 汪曾祺:《西窗雨》,《汪曾祺全集》第五卷,北京:北京师范大学出版社,1998年版,第289页。

仍旧抱有的温情。汪曾祺的创作,深受契诃夫的影响,他的短篇小说,摒弃严谨的结构,追求"苦心经营的随便",讲究整体的氛围塑造,无论悲剧或是喜剧,在作品整体氛围的把握上,总是存有脉脉的温情。

  关于西班牙作家阿索林,汪曾祺曾经写过《阿索林是古怪的》一文,表达对作家阿索林的喜爱。汪曾祺十分推崇西班牙作家阿索林,除了契诃夫,他认为外国作家中,自己受到阿索林的影响最大,他评价阿索林的小说像是覆盖着阴影的小溪,安安静静的,同时又是活泼的、流动的[①]。汪曾祺的作品,也有水一样的品格,轻柔灵动,潺潺不息。阿索林的小说没有夸张的戏剧性,明澈清净,有一种入市的隐逸,这些都是汪曾祺的作品同样具备的。阿索林的小说和散文的界限不明显,这也影响了汪曾祺一直以来的文体观念,在短篇小说中融入散文和诗的成分。这样的写作手法和美学态度,在汪曾祺的高邮系列代表作品《受戒》和《大淖记事》中得到了很好的贯彻和发扬。

  这些外国作家的作品和思想都不同程度地影响了汪曾祺的文学创作和美学追求,在汪曾祺二十世纪八十年代的高邮系列作品里,虽然和早期创作中整篇运用西方现代写作手法大相径庭,但也可以找见西方现代主义文学的写作手法,经过岁月的沉积,作家对西方现代主义的文学理念进行吸纳融和,将现代化的写作方法和理念运用得更加自然和谐。汪曾祺的高邮系列作品之所以受到好评,也是由于他将现代写作方法与古典意趣相结合,将故乡的民间文化以现代的眼光进行美学审视,创作出别具一格的灵动韵味。

---

  ① 汪曾祺:《自报家门》,《汪曾祺全集》第四卷,北京:北京师范大学出版社,1998年版,第288页。

第二节

二十世纪五十年代到七十年代的沉寂与积累

二十世纪五十到七十年代，只在 1963 年，汪曾祺出版了短篇小说集《羊舍一夕》，包括《羊舍一夕》《看水》和《王全》三篇短篇小说。在近三十年间，他只创作了三篇小说，八篇散文，散文创作都在二十世纪五十年代。二十世纪五十到七十年代末，汪曾祺的文学创作可以说基本是搁置的，直到二十世纪八十年代汪曾祺重新开始创作，"复出"文坛。

一、短篇小说的写实风格

在二十世纪五十年代到七十年代末，汪曾祺只创作了三篇短篇小说，1961 年的《羊舍一夕》、1962 年的《王全》和《看水》，这三个短篇小说，和汪曾祺之前《邂逅集》里的作品风格差异很大。不再运用意识流的写作手法，也没有表现出明显受到西方现代文学影响的先锋意味。这三篇作品的背景都是河北张家口沙岭子农场，汪曾祺 1958 年被定为"右派"，来到位于河北张家口的沙岭子农业科学研究院下放劳动。1960 年，汪曾祺摘掉"右派"帽子，但由于一时没有单位接收，因此还留在张家口农场协助工作。在摘掉"右派"帽子之后，根据几年长时间对农场生活的观察和体验，以农场人物和自身经历为原型，汪曾祺先后写出《羊舍一夕》《王全》《看水》等三篇小说。这三篇小说，是汪曾祺努力贴近当时的社会氛围，在熟悉的生活经历基础上，创作出的具有写实风格的作品。《羊舍一夕》写四个性格迥异的农场孩子,生长背景各不相同,在羊舍共同度过了一个夜晚。平凡的农场夜晚,由于汪曾祺细致平实的书写,有了特殊的诗意和滋味。四个少年的形象平凡朴实,小羊倌"老九"诚实朴拙,果园工人"小吕"勤奋机灵,"留孩"羞涩文静,"奶哥丁贵甲"活泼好动,这四个孩子形象的塑造细节扎实,作品里的语言叙述更为平实和口语化,和飘忽晦涩的《复仇》《绿猫》等早期作品有很大区别。写小吕的想法:"他愿意自己也像一个真正的果园技工。可是自己觉得不像。缺少两样东西。一样是树剪子……一样是嫁接刀。"①语言朴实平和,符合农场少年的人物心理。《王全》一文中写木讷耿直的农场饲养员王全,没有复杂的心理描写,故事和语言更为爽快。《看水》以汪曾祺自身经历为蓝本,写少年"小吕"被组长"大老张"委以重任,独自守夜"看水"整晚的故事。少年小吕整晚担惊受怕,却又在静谧的月夜里,感受到了宁静和温柔的美。汪曾祺曾经说过,看水的故事,是他自己经历过的,可以想见汪曾祺独行在月光下,也曾见"月亮照在水上,水光晃晃荡荡","支渠的水温静地,生气勃勃地流着"。这样静谧安详的夜晚,是在强大而反复的政治浪潮夹缝中,难得的宁静,是在高强度的下放劳动中,于宁静的自然里寻找到与自己和解,随遇而安的心境。

  汪曾祺此时期仅有的三篇小说,转为写实风格,不再有西方现代主义文学风格的痕迹,转而结合自身经历,努力贴近当时所弘扬的社会主流价值,从熟悉的农场生活中找题材,从感情上力图贴到人物来写,叙述视角亦有所转变,采取更加平和朴实的写作手法,从作品中能够感觉到汪曾祺在努力适应当时倡导的主流价值体系,这段时间的经历和体验,使得汪曾祺的创作视野进一步打开,对自我之外的它者

---

① 汪曾祺:《羊舍一夕》,《汪曾祺全集》第一卷,北京:北京师范大学出版社,1998年版,第213页。

更为关注，不再专注于自我的个性心理体验，而是进一步对普通民众的所思所感、生存体验发生兴趣，在个人感情上也更加倾向于普罗大众的日常境遇，为之后高邮系列作品的成功创作打下基础。

二、民间文学对汪曾祺创作的影响

1950年到1954年，汪曾祺在北京文联的《北京文艺》《说说唱唱》杂志任编辑，1954年到1958年，在中国民间文艺研究会，任《民间文学》杂志编辑[①]。这段时间，汪曾祺写过《鲁迅对民间文学的一些基本看法》等八篇散文，创作数量不多，但在民间文学当编辑的经历，对汪曾祺今后的创作可谓意义重大。

得益于这段时间的编辑经历，汪曾祺得以接触大量的民间文学作品，也因此汪曾祺曾说过："我对民间文学是很有感情的，民间故事丰富的想象和农民的幽默，民歌比喻的新鲜和韵律的精巧使我惊奇不置。"[②] 在《民间文学》任编辑，让汪曾祺有机会大量接触民间文学的素材，影响了汪曾祺的审美理念，民间文学的瑰丽和奇特得以正式进入汪曾祺的视野，对民间文学素材长时间大量的梳理也让汪曾祺有机会系统化地理解、消化民间文学的内涵特点。汪曾祺认为作家都应该读一些民间文学，涵泳其中，取得美感经验，接受民族的审美教育。汪曾祺认为，虽然很难具体说出从民间文学中得到的具体益处，但是从他作品语言的朴素、简洁、明快，以及结构的平易自然、具备内在的节奏感这两个方面，都与他阅读过大量的民间文学作品分不开[③]。

[①] 陆建华：《汪曾祺传》，江苏：江苏文艺出版社，1997年版，第348页。
[②] 汪曾祺：《自报家门》，《汪曾祺全集》第四卷，北京：北京师范大学出版社，1998年版，第289页。
[③] 汪曾祺：《我和民间文学》，《汪曾祺全集》第三卷，北京：北京师范大学出版社，1998年版，第427页。

民间文学的熏陶，对汪曾祺的审美理念有不小的影响。在此之前，汪曾祺的作品受到西方现代文学影响，追求新奇晦涩的意境，经过接触大量的民间文学，汪曾祺开始和现实接壤，不再只是飘浮在云端的"朦胧"作家，审美对象也发生了改变，从关注个人的内心体验开始拓宽眼界，发现民间人物和生活的美，文学创作的审美对象发生改变。在几家杂志任编辑期间，汪曾祺也受到任主编、副主编的赵树理的影响，他在二十世纪九十年代写过两篇散文《赵树理同志二三事》和《才子赵树理》怀念赵树理，多次提到赵树理的幽默和才气，以及他作品中"群众式"的语言叙述方式。汪曾祺对这位"农村才子"是尊崇和喜爱的，汪曾祺也与赵树理一样，从民间传说、民歌、口头语言里汲取创作灵感，但是汪曾祺反对做时代的歌颂者，"代圣贤立言""揣摩上意"，他喜爱散文化的小说，而非戏剧化、"评书式"的小说，也因此搁笔不写，这也是汪曾祺的个人气质和成长经历决定的。

三、农场劳动经历对汪曾祺生命精神认同的影响

1958年到1961年，汪曾祺被划为右派，下放到张家口沙岭子农场劳动改造。四年的下放劳动经历，对汪曾祺是重要的。这段时间，汪曾祺和农民同吃同住同劳动，亲密无间，汪曾祺回忆时提到和农民睡在一个大铺炕上，枕头挨着枕头，"比较切实地看到中国的农村和农民是怎么回事"[①]。

四年在农场的劳动生活，让汪曾祺真正感受到比较底层的农村（民间）生活，为他今后的文学创作积累了第一手的实践素材和感官

---

① 汪曾祺：《自报家门》，《汪曾祺全集》第四卷，北京：北京师范大学出版社，1998年版，第289页。

体验。离开家乡高邮前的汪曾祺,是带着新奇的眼光,穿行在街头巷尾,观赏民间热闹的"大少爷",在杂志社当编辑的经历,让汪曾祺认识到了民间文学的瑰丽多彩,对民间文化有了审美的认同,但还没有直观感受到的生活素材;这四年的农场劳动经历,才最终让他有机会在真实的民间中生存,在实践劳动中亲身体验民间生活的悲喜,与活生生的民间人物全方位接触。经此一段时间的积累提升,汪曾祺对民间文化的审美认同,进一步升华到了对民间生命精神的认同,有能力用内化的视角表达民间百姓的诗意生存,从个人圣境的自我体验表达,升华到对民族精神和民间文化的恒长歌咏。

四、沉寂与积累

二十世纪五十到七十年代,汪曾祺创作的作品不多,他曾说过:"长期以来,强调文艺必须服从政治,我做不到,因此我就不写,逻辑是很正常的。"[1] 这段时间的沉寂,关键不在于仅有的几篇作品,意义在于对汪曾祺在二十世纪八十年代高邮系列作品的复出,以及二十世纪九十年代写作风格转变的影响。

以同样取材自家乡高邮的《庙与僧》和《受戒》两篇文章为例,汪曾祺于1981年创作的《受戒》一文改编自1946年创作的《庙与僧》,取用同样的素材:故乡高邮的菩提庵,一个不需要遵守清规戒律的化外之地、三个和尚师父还有一个小和尚。不同的是,《庙与僧》里,和尚师父们油腻而黄胖,肮脏邋遢、好色狎昵,卧房梁上挂着咸肉,油脂一滴滴落在地上[2],虽然也显示出了汪曾祺的文字天赋,但

---

[1] 汪曾祺:《作为抒情诗的散文化小说》,《汪曾祺全集》第八卷,北京:北京师范大学出版社,1998年版,第74页。

[2] 汪曾祺:《庙与僧》,《汪曾祺全集》第八卷,北京:北京师范大学出版社,1998年版,第65—66页。

整体基调晦暗阴郁，感情表达晦涩低沉，使读者压抑反感。对比《受戒》，三位和尚师父和小和尚明海散漫自在、如世外散仙，语言结构轻灵优美，与之前有如云泥之别，同样的人物素材经过时光的积淀，酝酿出落差极大的美感体验。差别在于对民间人物和民间生活所持的态度，从无奈厌倦到发现其中蕴含的美，这其中的因由有语言功力的升华，也有审美立场的转变和对民间人物的精神认同。

二十世纪八十年代之后，汪曾祺从民间文学中汲取养分，创作出高邮系列作品，坚持民间立场的审美书写，对小人物的描摹和喜爱。二十世纪九十年代，汪曾祺尝试在作品中用嘲谑的语调，对人性进行的反思，略带荒谬的人生态度，都可以从二十世纪五十到七十年代的经历找到因由，这三十年的时间，虽然多有坎坷，但却是汪曾祺文学创作的重要积淀期，是他文学创作的精神宝库。

第三节

二十世纪八十年代的复出和二十世纪九十年代风格的转变

一、二十世纪八十年代的复出

汪曾祺二十世纪八十年代初期复出，以《受戒》《大淖记事》为代表的高邮系列作品给当时的文坛吹来了一阵清新的风，获得巨大反响。汪曾祺复出后的作品，与当时的"伤痕"文学截然不同，从创作的动机情感、叙事手法、格调风格都具有一种超越的意味。汪曾祺

第四章 多元文化融合下的汪曾祺创作风格流变

二十世纪八十年代的作品,是具有全新意义的,他让当时的人们看到了文学的另一种可能性,无论是题材选择、审美角度、写作技巧还是体裁创新,汪曾祺的作品都对其之后的文学创作产生了深远影响,拓宽了文学作品的审美维度、叙事方式和文体形态的可能性。以《受戒》和《大淖记事》为代表的短篇小说,融合了短篇小说、散文和诗的文体界限,被称为诗意的散文化小说,体现了新的小说可能性,为今后的文体形态发展起到了先驱作用,做出了小说创作写作技巧的诗意示范。不仅如此,汪曾祺作品从民间生活汲取灵感素材,除了对文学创作的观念发生影响之外,还影响了写作主题的选材角度。汪曾祺的创作绝大多数都从民间生活汲取营养,以故乡高邮为地域背景,讲述旧时故乡民间的生活方式和生存哲学。但是应该注意的是,汪曾祺笔下的高邮民间,是属于汪曾祺的精神家园。如同作家余华说过:"写作是过去生活的一种记忆和经验,世界在我的心目中形成最初的图像,这个图像是在童年的时候形成的,到成年以后不断重新地去组合,如同软件升级一样,这个图像不断变得丰,更加直接可以使用。"[①]汪曾祺也是如此,他少年时候离开家乡,经历风霜雨雪,故乡是他的精神家园,八十年代的作品是他离开故乡许久后的精神返乡。汪曾祺作品中的故乡,是一名知识分子经过长久以来的经验、历练、酝酿、领悟,以特有的价值判断书写出的感悟。

汪曾祺1981年的高邮系列作品《受戒》和《异秉》写的都是故乡高邮的旧日往事,均为早期旧作的改写。上节已提到过《受戒》改写自1946年发表的《庙与僧》,人物和背景设定完全相同,但是作品的基调迥异。《受戒》是唯美轻灵的,着力表现不受压抑的人性美与和谐,对小和尚和师父们充满喜爱赞美之情,采用汪曾祺标志的散

---

① 张英:《文学的力量——当代著名作家访谈录》,北京:民族出版社,2001年版,第6页。

文诗式的小说写法;《庙与僧》还没有出现《受戒》散文化的唯美写法，小庙环境邋遢油腻，晦暗忧郁，对故事人物的叙述带有淡淡的疏离情感。1981年发表的《异秉》改写自1948年创作的《异秉》。《异秉》的改写略早于《受戒》，第一版本的《异秉》句子简短，人物对话简练，主人公烧肉摊的王二虽然包下了一方柜台，但是以后的生活对于他和保全堂众人来说依旧是难熬的，整体格调沉重压抑。改写后的《异秉》加入大量民俗风情描写，事无巨细地描摹王二的卤肉摊，保全堂的日常生活，充满了对民间生活的喜悦赞美和对民间底层人物的肯定和赞许，整体基调转为明快而充满希望，"风俗画"小说的风格自此奠定。关于《异秉》的改写，汪曾祺如是说："前一篇是对生活的一声苦笑，揶揄的成分多，甚至有点玩世不恭。我自己找不到出路，也替我写的那些人找不到出路。后来的一篇则对下层的市民有了更深厚的同情。我想把生活中美好的东西、真实的东西，人的美、人的诗意告诉别人，使人们的心得到滋润。"[①]两篇改写取材自故乡高邮，改写后作品基调的变化体现了汪曾祺审美取向、心态立场的转变，转为对充满生命力的民间文化持肯定态度。二十世纪八十年代的复出，是汪曾祺长时间积累后的结果，是他在"反右"和"文革"激荡后，熬炼出的通透淡然，此时期的汪曾祺，经历几次起落，对各种潮流运动更加淡然处之，向往"随遇而安"，内心追求平凡喜乐，将文学的审美价值重新作为创作的追寻方向，淡化不和谐的、丑恶的音符，在文学作品中谱写对生命和人性美的赞歌。汪曾祺二十世纪八十年代以高邮系列作品为代表的文学创作，成功地从民间文化中挖掘诗意的美感，从长期的民间生活中切身感受到了民间人物的悲欢和民间生活的平实滋味。此时的作品，不再将民间生活拔高，机械地文学化，而是

[①] 汪曾祺:《要有益于世道人心》,《汪曾祺全集》第三卷，北京：北京师范大学出版社，1998年版，第221页。

转为从民间生活本身寻找诗意的美，是汪曾祺以具有现代思想的知识分子审美情趣，结合古典文人意趣的艺术氛围创作出的诗化民间，是汪曾祺对故乡高邮感情的再次升华。

　　谈汪曾祺的创作风格，无论哪个时期，都离不开沈从文的影响。汪曾祺可算是沈从文的入室弟子，也被誉为"京派"文学传人。他曾多次在《自报家门》《谈风格》《西南联大》等文章中提到沈从文对自己文学创作的影响，无论从师承影响、作品风格和流派传承发扬，汪曾祺都不同程度受到沈从文的影响。沈从文在汪曾祺年轻的时候，多次劝诫他："不要冷嘲"[1]，他总是力图激发青年的自尊心和自信心。汪曾祺一直和沈从文保持着密切的联系，沈从文始终鼓舞、关心着汪曾祺，汪曾祺从文学创作到人生态度，都有受到沈从文影响的痕迹。他在《沈从文先生在西南联大》《一个爱国的作家》《星斗其文，赤子其人》《沈从文的寂寞——浅谈他的散文》《沈从文和他的〈边城〉》等多篇文章中回忆他敬爱的老师沈从文，认为沈从文是一个不老的抒情诗人，一个顽强的不知疲倦的语言文字的工艺大师[2]。这恰恰符合他对自己的定义：一个抒情的人道主义者。汪曾祺对作品语言的重视，认为"写小说就是写语言"的创作观点也可觅见传承之处。汪曾祺多次提到沈从文教导的写作要领：贴到人物来写。这也是汪曾祺所一贯秉承的写作要领。除了写作方法，在作品内容上，汪曾祺也受到沈从文的作品影响。关于他的名篇《受戒》，汪曾祺说过：沈从文的小说，特别是农村少女，是推动他产生小英子这样一个形象的很潜在的因素。他说："我曾问过自己。这篇小说像什么？我觉得，有点像《边

---

　　[1]　汪曾祺：《沈从文的寂寞——浅谈他的散文》，《汪曾祺全集》第三卷，北京：北京师范大学出版社，1998年版，第257页。

　　[2]　汪曾祺：《沈从文的寂寞——浅谈他的散文》，《汪曾祺全集》第三卷，北京：北京师范大学出版社，1998年版，第264页。

城》。"①不只是《受戒》里少女形象的设定，还有对故乡高邮纯真乡村生活，终其一生所怀有的眷恋向往，以及汪曾祺一直以来追求和谐、嘲谑却并未流于讥讽的格调，全都有受到沈从文影响的缘故。

二、二十世纪九十年代的"衰年变法"

二十世纪九十年代汪曾祺的创作风格开始转变，1989年1月《三月风》杂志发表丁聪所画的汪曾祺漫画像一幅，汪曾祺题诗"衰年变法谈何易，唱罢莲花又一春"②。汪曾祺开始"衰年变法"，创作《聊斋新义》，改写《聊斋》、民间故事创作笔记小说。这段时期的创作中汪曾祺有意识地加入现代主义，他在《却老》（1991）中谈："现在比较清楚了，我得回过头来，在作品里融入更多的现代主义。"③汪曾祺二十世纪九十年代的创作，开始注重对人性的追问，人的异化、人生的荒诞都在作品中直接体现。汪曾祺一生经历动荡起伏的政治风波，积累出丰富的生命体验、在二十世纪八十年代不愿触碰的感受、对历史和个体生命的扭曲荒谬的感悟，都在二十世纪九十年代的衰年变法中得到纾解。

汪曾祺二十世纪九十年代的创作，包括以《聊斋新义》为代表的笔记体小说、写剧团人物为主要内容的短篇小说和写北京市民阶层与胡同文化的小说散文。《聊斋新义》创作于1987到1991年，有明显的魔幻现实主义风格，受到存在主义思想的影响。二十世纪八十年代魔幻现实主义盛行一时，汪曾祺却另辟蹊径，选择回归中国传统文

---

① 汪曾祺：《关于〈受戒〉》，《汪曾祺全集》第八卷，北京：北京师范大学出版社，1998年版，第339页。

② 汪曾祺：《题丁聪画我》，《汪曾祺全集》第八卷，北京：北京师范大学出版社，1998年版，第43页。

③ 汪曾祺：《却老》，《汪曾祺全集》第五卷，北京：北京师范大学出版社，1998年版，第183页。

化，结合魔幻现实主义理念进行改写，他敏锐地发觉"中国是一个魔幻小说的大国，从六朝志怪到《聊斋》乃至《夜雨秋灯录》，真是浩瀚如烟"。"中国的魔幻小说是古代作品，我于是想改写一些中国古代魔幻小说，注入当代意识，使他成为新东西"。①汪曾祺融故为新，改写《聊斋志异》，秉承他一直以来坚持民族传统，主张回到现实主义的创作理念。"这种现实主义是容纳了各种流派的现实主义；这种民族传统是外来文化的精华兼收并蓄的民族传统"。②《聊斋新义》里的《石清虚》写能够出云的奇石选择主人的故事，《虎二题》写老虎变化成人，人也能变化老虎复仇的故事，还有《黄英》和《蛐蛐》等作品，都具有浓厚的魔幻色彩，充满现代意识，是汪曾祺有意从哲学和审美的高度，结合中国传统文学，对"现代主义"思想进行再认识的创作尝试。《聊斋新义》是笔记体小说《聊斋志异》的魔幻现实主义变调改写，也是汪曾祺回归存在主义，在创作思想和主题上表现"荒诞"诘问的探索。汪曾祺在西南联大就受到存在主义的影响，"当时在联大比较时髦的是 A·纪德，后来是萨特"。③他曾赶时髦，"读了一两本关于存在主义的书，虽然似懂不懂，但是思想上是受了影响的"。④《聊斋新义》里的《樟柳神》写捡到樟柳神的村民想要利用樟柳神的能力未卜先知，结果不但没有交到好运，反而不胜其扰；《牛飞》写彭二梦里见到自己家的牛飞上天，他把牛卖掉，想要避免损失，路上捡到的老鹰却带着卖牛的钱飞上了天；《公冶长》写能听懂

---

① 汪曾祺：《捡石子儿（代序）》，《汪曾祺全集》第五卷，北京：北京师范大学出版社，1998年版，第250页。
② 汪曾祺：《回到现实主义，回到民族传统》，《汪曾祺全集》第三卷，北京：北京师范大学出版社，1998年版，第289页。
③ 汪曾祺：《自报家门》，《汪曾祺全集》第四卷，北京：北京师范大学出版社，1998年版，第288页。
④ 汪曾祺：《美学感情的需要和社会效果》，《汪曾祺全集》第三卷，北京：北京师范大学出版社，1998年版，第283页。

鸟语的公冶长，听信乌鸦的话，想讨便宜，结果被衙门白打了一顿的故事。三篇均改写自《聊斋志异》的不同篇章，在表现的主旨上有相同之处，意在用一连串偶然离奇的巧合，表达人生和命运的无常、普通人对荒诞现实的无能为力。存在主义的思想影响还体现在以剧团人物为题材的晚年作品中，"文革"对人性的异化，扭曲的现实所表现出的"荒诞"。短篇小说《死了》《熟人》《不朽》，结构简约，试图表达更为深刻的思索，探究哲学层面自我存在的意义。

汪曾祺二十世纪九十年代创作的高邮系列作品，在作品基调上，和以往一贯追求塑造水乡桃源的唯美路线有了较大的区别，温和淡雅的叙述中开始跳出不和谐的音符，故乡高邮的完美世界出现缝隙。《小嬢嬢》《莱生小爷》《关老爷》《百蝶图》等晚年作品里，各种负面人物纷纷出马，这些人物不再是无关痛痒的过客，他们的愚昧、扭曲、毒辣，强有力地破坏了以故乡高邮为蓝本构建出的和谐、宁静、欢乐的遮蔽，将天堂般的水乡故里撕出了一道狰狞的缺口。即便是原本最亲切温暖的乡民，也不可避免地显露出生存悲凉的本质。《捡字纸老头》和二十世纪八十年代创作的《收字纸老人》，都是以收废纸的老人为主角，《捡字纸老头》中的拾荒老人，生活得扭曲而纠结，成日与周遭、与自己较劲，肮脏且令人不快，撒手人寰后破席子底下却有八千多块钱。《收字纸老人》中的老人却心如止水，日长入小年，一生平静安逸、清净无求，最后无疾而终。类似题材的对比，显现出人在现实世界里的逐渐扭曲变态，从自然到异化，从和谐到荒谬。

汪曾祺九十年代的风格转变，是他自身文学创作之路上的突破性尝试，他挖掘自己的生命体验和人生感悟，秉承回归现代主义、民族文化、中国传统文学的理念，融合魔幻现实主义与存在主义，秉承一贯的审美态度，继续民间题材的写作，在作品中追问人性，直面荒谬，挖掘更加深刻的哲学内涵。

第四节

"我与我周旋久,宁做我"

汪曾祺在《谈风格》一篇里讲:作家要认识自己、发现自己、欣赏自己,"我与我周旋久,宁做我"。这是他坚持追寻文学创作的审美价值,始终忠于自我,坚定在创作上保持自我风格的宣言。根据美国当代文学批评家哈罗德·布鲁姆创建的误读理论,前辈诗人抢先发表作品,得到承认,占据了文学创作、想象的空间,晚辈诗人想要崭露头角,摆脱前人成功的阴影,只能通过误读对前人进行反抗,用各种有意识或者无意识的误读,来否定、修正前人的作品特点和传统的、既定的价值观,从而达到自我独特形象风格的目的[①]。后辈文人笼罩在被前辈文人既定传统影响的焦虑中创作,通过强化某些之前未被突出的特点,创造出个人独树一帜的风格。汪曾祺的文学创作风格流变同样可以用误读理论进行解读。汪曾祺在不同写作的时期风格各不相同,他曾说过:作家形成自己的风格要经过三个阶段:一、摹仿;二、摆脱;三自成一家。他也是如此。他坦言自己年轻时曾特意学习沈从文的写法,连文白杂糅的语言都下功夫模仿,后来又模仿西方现代主义文学写法,在三十而立之后,开始有意识地树立自己的写作风格,力图摆脱各种影响,找寻自己独有的写法[②]。

在《流动的盛宴》中,海明威写道:假如你有幸年轻时在巴黎生活过,那么你此后一生中不论去到哪里她都与你同在,因为巴黎是一

---

① 哈罗德·布鲁姆:《影响的焦虑》,北京:三联书店,1989年版,第2—4页。
② 汪曾祺:《谈风格》,《汪曾祺全集》第三卷,北京:北京师范大学出版社,1998年版,第341页。

席流动的盛宴。如同海明威笔下的巴黎，故乡高邮同样是汪曾祺永远的精神家园，永远与他同在，无论处在哪个时期，偏向哪种风格，故乡高邮都是他创作的源泉。但在不同的时期，对于故乡高邮、民间文化、民间生活和生命的意义，汪曾祺都有着不同的理解，认同角度都在发生改变，汪曾祺的审美角度、人生态度、对世界的认识、所处的阶层和立场，任何一方面的转变都深刻影响创作的内涵与风格。在不同的人生阶段，对于自我的认识以及创作目标的追寻，也是汪曾祺创作风格改变的重要原因。

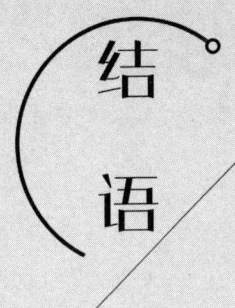

结语

结　语

　　高邮处于苏北里下河水乡平原，十里扬州的辐射圈，有着独特的文化氛围，它坐落于运河岸边，历史悠久，新石器时代便有人烟，秦王嬴政时筑高台置邮亭，至今五千余度春秋，是江淮文明、邮文化的重要区域，保存着丰富的历史文化遗产。高邮地处水路枢纽，京杭大运河从此经过，又属南北交会之地，曾经借由水利通畅而繁华一时，运河从此经过，轮船公司在此处设驿站，挑夫往来装载，络绎不绝。《大淖记事》中的"大淖"就在此处。在这座水乡小城里，大小湖泊河流随处可见，这座小城的水乡文化在汪曾祺的高邮系列作品中酝酿出独具特色的水韵风情。

　　水乡高邮的地域文化特色成为汪曾祺作品中抹不去的底色，汪曾祺作品中的水乡背景，本身也参与意义的构建。通过大篇幅看似平淡却饱含感情的描摹高邮的风情画卷，带领读者步步走进汪曾祺的水乡旧梦，在整体氛围的塑造上，汪曾祺的作品追寻一份自然自在的、水汽氤氲的舒缓和温情。汪曾祺最有影响力的作品大部分取材于故乡高邮的真实存在的地域文化背景，着眼于广阔朴实的劳动领域和故乡人民最真实的风俗人情，艺术地再现了高邮的人文风俗。高邮的地域背景，或者说故乡的文化底色，是构成作品的重要成分。作品中的风俗和人情，民风与人性，都是建立在水韵悠悠的故乡高邮背景之上的，与高邮的水岸河堤密不可分。高邮水乡的地域特质影响和引导着汪曾祺笔下的人物命运和故事走向。他的高邮系列作品，是用赞许、讴歌的基调创作出的梦里水乡诗篇。这些作品对于故乡旧日生活的呈现，是汪曾祺根据记忆，选择最熟悉的生活素材，甄选无忧无虑的少年回忆，重塑理想国美丽世界的得意之作，是他在少年时代离乡背井之后，晚年回眸，对于故乡高邮文化精神的挖掘、回归与重塑。高邮的地域文化，组成了汪曾祺文学创作中必不可少的重要元素，在汪曾祺的作品中，故乡高邮的风俗民情已经成为必不可少的有机组成部分，这种写作方法，并不是有意凸显乡土韵味，而是汪曾祺独特审美风格所形成的创作特点，使得高邮的地域文化成为他文学作品中抹不去的背景色。

高邮不只是汪曾祺创作的素材源泉，故乡的民间文化也从不同维度和层次影响着他的文学创作，表现在汪曾祺作品里的审美取向，始终带着民间意识的视角。故乡高邮的婚恋文化促使汪曾祺在作品中创作出多样的女性角色；民歌之乡的渊源传承和汪曾祺文学语言观之间紧密的内在联系；晕染浸透在汪曾祺作品中的"水意"和"以邮为名"的高邮运河水文化；还有汪曾祺作品中独特的绘画美学理念。汪曾祺的故乡高邮，一直是他作品中民间生活的重要灵感源泉，他作品中感情最丰沛、最具感染力的主题，基本都在描述旧社会的民间生活，其中又以故乡高邮的民间往事最为动人。凭借着《受戒》等一系列描写故乡高邮民间生活的作品，汪曾祺达到了精神上的返乡。仅把汪曾祺看作是一个固守民间经验写作的乡土作家，是将他的审美取向简单化。汪曾祺在故乡高邮的民间生存体验，是民间文化的具体表现，高邮的民间文化对汪曾祺的心理体验、精神个性都有着显而易见的影响，汪曾祺的文学作品，无处不彰显着作者的富有个性的审美情趣，这种难以言说的独特魅力，正是来源于高邮民间文化的精神内涵影响。

结 语

  故乡高邮的文化不仅影响着汪曾祺对故乡的回忆与书写，更重要的是故乡高邮的文化审美范式，已经成为一种内化的标准影响着汪曾祺对他乡的描摹与评价，从而影响着汪曾祺的文学创作理念。汪曾祺所推崇的美学价值，是以故乡高邮为蓝本，自然和人文相互调和，互相依存的美学范式，是经过改造的自然风景和野趣天然的城镇乡村。他逃避纯粹的自然，抵触原始的苍凉，他同样摒弃传统文化的价值规范，逃避礼教的束缚，宁愿自由奔放，以"思无邪"的境界生活在大淖和荸荠庵，他逃避人类的兽性，不愿书写颠倒黑白的时代人性的丑恶，只在晚年安定之后，以不失温暖的戏谑腔调，写出对荒谬的淡淡嘲弄。汪曾祺一生追求的"和谐"境界，是在自然和人文中寻找一个平衡点，在热闹的喧嚣和疏离的旁观之间保留一块心灵的净土，是受到故乡高邮影响的审美规范，内化出的审美本能。

  纵观汪曾祺的创作生涯，他的作品风格并不是一成不变的，他的创作时间，跨度长达近半个世纪，作品风格在不同的时期存在着显著的变化，在描写高邮的系列作品里，不同时期看待故乡的视角也存在着较大的区别，这与汪曾祺对西方现代文化、民间文化、中国传统文化、魔幻现实主义等多元文化思想的吸收、借鉴和批判有着密切的关系。故乡高邮是汪曾祺永远的精神家园，无论处在哪个时期，偏向哪种风格，故乡高邮都是他创作的源泉，但是在不同的时期，由于人生经历和文化融合的缘故，对于故乡高邮、民间文化、民间生活和生命的意义，汪曾祺都有着不同的理解，认同角度都在发生改变，他的审美角度、人生态度、对世界的认识、所处的阶层和立场，任何一方面的转变都深刻影响创作的内涵与风格。在不同的人生阶段对于自我的认识以及创作目标的追寻，也是其创作风格改变的重要原因。

  至此，本书已在实地考察故乡高邮的基础上，从汪曾祺文学作品中，故乡高邮的地域文化背景取材入手，分析了高邮独特的地理历史、宗教文化、民俗民风等民间文化对汪曾祺创作不同侧面的多维度影响，发掘汪曾祺独特审美取向的深层成因。然后承接此思路，发掘故乡高邮的独特文化通过影响汪曾祺的审美模式，从而影响他文学创作的价值评判。最后纵观汪曾祺创作风格流变，阐释多元文化融合下汪曾祺故乡视角的变化。本文从作家和作品两方面入手，通过对汪曾祺所受故乡文化影响的多方位考察，研究作家的生活经历和气质，同时进行文本细读，分析其创作过程中精神内核和审美倾向，从故乡高邮文化的角度来剖析汪曾祺的生平和文学创作，在文化和文学之间建立立体多维的联系，把作家本人研究与作品研究结合起来，试图使分析更具说服力。

之前的相关研究，多以汪曾祺和上层文化的关系研究来回答汪曾祺和地域文化的关系，其实民间文化在整个中国传统文化体系中处于基础地位。高邮虽然处于地缘与历史的边缘、无为自在，却与汪曾祺独特精神气质的成因密不可分。汪曾祺的作品特征、气质人格、创作实践的鲜明个性从此角度可以完成比较令人信服的诠释。

在进行本书的写作之前，笔者到高邮进行了实地考察，来到汪曾祺生长的故里民居，向汪曾祺的家人请教畅谈，走访当地的寺庙古迹、探寻独特的民风民俗、争取获得尽可能多的基础材料，从而可以在写作中将材料聚焦在汪曾祺与高邮文化交会的时空点上。争取在接受、评判、返归这一个动态再现中，体现高邮民间文化对汪曾祺流动的生命状态有着何种深刻的影响。

最后，关于"高邮文化与汪曾祺的文学创作"这个论题，笔者还有一些未竟的思考。进入二十一世纪以来，汪曾祺作品的"出版热"不降反升，在汪曾祺去世的二十年间，他的作品被反复重版，甚至比在世的时候出版量还要大，微信公众号等新媒体中有关汪曾祺的内容推送也屡见不鲜。汪曾祺作品的"出版热"，代表的是广大的市场需

结 语

求,是"民间的"、自发的读者需求。这是否能够说明汪曾祺脱胎于故乡高邮文化的作品风格,恰好符合时代变迁、社会发展改革的大背景,以及当代人们对于文学的心理需求和审美转变。从某种程度上来说,汪曾祺已经是一个文化符号,代表的是一种符合现代人生活理念的、闲适自洽的审美范式。这种文学风格受到的肯定,从深层次来看,是否也可以看作高邮独特的文化,在新时代重新焕发的生机?

参考文献

著作类：

[1]［法］丹纳：《艺术哲学》，安徽：安徽文艺出版社1991年版。

[2]［法］斯达尔夫人：《论文学》，北京：人民文学出版社1986年版。

[3] 巴赫金：《巴赫金全集》，第五卷，河北：河北教育出版社1998年版。

[4] 陈思和：《鸡鸣风雨》，上海：学林出版社1994年版。

[5] 段义孚：《逃避主义》，周尚义、张春梅译，河北：河北教育出版社2005年版。

[6] 费振钟：《江南士风与江苏文学》，湖南：湖南教育出版社1995年版。

[7] 郭绍虞、罗根泽：《中国历代文论选》（下），北京：人民文学出版社1959年版。

[8] 哈罗德·布鲁姆：《影响的焦虑》，北京：三联书店1989年版。

[9] 卡尔·古斯塔夫·荣格：《心理学与文学》，南京：译林出版社2011年版。

[10] 鲁枢元：《文学的跨界研究：文学与心理学》，上海：学林出版社2011年版。

[11] 陆建华：《汪曾祺传》，江苏：江苏文艺出版社1997年版。

［12］马歇尔·麦克卢汉：《理解媒介——论人的延伸》，江苏：译林出版社2011年版。

［13］缪勒·利尔：《婚姻进化史》，北京：商务印书馆1993年版。

［14］荣格：《原型与原型意象·荣格文集》，吉林：长春出版社2014年版。

［15］申小龙：《汉语与中国文化》，上海：复旦大学出版社2003年版。

［16］施行主编：《汪曾祺文学阅读词典》，北京：作家出版社2014年版。

［17］孙郁：《革命时代的士大夫：汪曾祺闲录》，北京：三联书店2014年版。

［18］汪曾祺：《矮纸集》，湖北：长江文艺出版社1996年版。

［19］汪曾祺：《草花集》，四川：成都出版社1993年版。

［20］汪曾祺：《独坐小品》，宁夏：宁夏人民出版社1996年版。

［21］汪曾祺：《菰蒲深处》，浙江：浙江文艺出版社1993年版。

［22］汪曾祺：《寂寞与温暖》，台湾：台湾新地出版社1987年版。

［23］汪曾祺：《老学闲抄》，陕西：陕西人民出版社1993年版。

［24］汪曾祺：《旅食集》，广东：广东旅游出版社1992年版。

［25］汪曾祺：《梦故乡——汪曾祺笔下的高邮》，陆建华、刘金鳌主编，江苏：高邮市文联1999年版。

［26］汪曾祺：《蒲桥集》，北京：作家出版社1989年版。

［27］汪曾祺：《去年属马》，北京：燕山出版社1997年版。

［28］汪曾祺：《逝水》，北京：中国青年出版社1996年版。

［29］汪曾祺：《塔上随笔》，北京：群众出版社1994年版。

［30］汪曾祺：《晚翠文谈》，浙江：浙江文艺出版社1988年版。

［31］汪曾祺：《晚饭花集》，北京：人民文学出版社1985年版。

[32] 汪曾祺:《汪曾祺散文随笔选集》,沈阳:沈阳出版社1993年版。

[33] 汪曾祺:《汪曾祺小品》,北京:中国人民大学出版社1992年版。

[34] 汪曾祺:《汪曾祺自选集》,广西:漓江出版社1987年版。

[35] 汪曾祺:《汪曾祺:文与画》,山东:山东画报出版社2005年版。

[36] 汪曾祺:《汪曾祺全集》,北京:北京师范大学出版社1998年版。

[37] 汪曾祺:《五味集》,台湾:台湾幼狮文化事业公司1996年版。

[38] 汪曾祺:《邂逅集》,上海:文化生活出版社1994年版。

[39] 汪曾祺:《羊舍的夜晚》,北京:中国少年儿童出版社1963年版。

[40] 汪曾祺:《异秉——汪曾祺人生小说选》,甘肃:甘肃文艺出版社1994年版。

[41] 汪曾祺:《榆树村杂记》,北京:中国华侨出版社1993年版。

[42] 汪曾祺:《茱萸集》,台湾:台湾联合出版社1988年版。

[43] 汪朗、汪明、汪朝:《老头汪曾祺——我们眼中的父亲》,北京:中国人民大学出版社2000年版。

[44] 王鹤、杨杰纂:《高邮县志》,江苏:江苏人民出版社1991年版。

[45] 王向峰:《文艺美学辞典》,辽宁:辽宁大学出版社1988年版。

[46] 西格蒙德·弗洛伊德:《达·芬奇的童年回忆》,车文博主编,北京:九州出版社2014年版。

[47] 夏正祥:《点击高邮》,扬州:凤凰出版社2009年版。

[48] 夏志清:《中国现代小说史》,上海:复旦大学出版社2005

年版。

[49] 严家炎主编：《二十世纪中国文学与区域文化丛书》，湖南：湖南教育出版社，1995年版。

[50] 袁行霈：《中国文学概论》，北京：高等教育出版社1990年版。

[51] 宗白华：《艺境》，北京：北京大学出版社1987年版。

期刊论文类：

[1] 曹文轩：《淡化趋势——试析一种新的文学现象》，《百家》，1986年第1期。

[2] 陈云花：《日常生活的审美观照》，南昌大学硕士学位论文，2013年。

[3] 程杰：《"岁寒三友"缘起考》，《中国典籍与文化》，2000年第3期。

[4] 储福金、何立伟：《关于文学语言的对话》，《钟山》，1987年第5期。

[5] 褚连波：《湘西文化与沈从文的小说创作》，东北师范大学博士学位论文，2010年。

[6] 崔延和：《〈清明上河图〉的历史价值与艺术特色》，《西北民族学院学报》，1995年第2期。

[7] 丁帆：《五四以来"乡土小说"的阈定与蜕变》，《学术研究》，1992年第5期。

[8] 郜元宝：《汪曾祺论》，《文艺争鸣》，2009年第8期。

[9] 郭洪雷：《汪曾祺小说"衰年变法"考论》，《文学评论》，2013年第6期。

[10] 洪修平：《论儒道佛三教人生哲学的异同与互补》，《社会科学战线》，2003年第5期。

[11] 黄子平、陈平原、钱理群：《论"二十世纪中国文学"》，《文学评论》，1985年05期。

[12] 黄子平：《汪曾祺的意义》，《作品与争鸣》，1989年第5期。

[13] 霍九仓：《汪曾祺小说文艺民俗审美研究》，华东师范大学博士学位论文，2013年。

[14] 季红真：《文明与愚昧的冲突（下）——论新时期小说的基本主题》，《中国社会科学》，1985年第4期。

[15] 江红英：《纯净天堂的营构和坍塌》，山东师范大学硕士学位论文，2003年。

[16] 金克木：《文艺的地域学研究设想》，《读书》，1985年第4期。

[17] 金实秋：《佛教于汪曾祺作品》，《出版广角》，1999年第1期。

[18] 靳新来：《汪曾祺小说中的江淮民歌》，《南通大学学报（社会科学版）》，2013年第1期。

[19] 李海琛：《地域文化视野下的汪曾祺研究》，广西师范学院硕士学位论文，2011年。

[20] 李前军：《论"散点透视"在中国传统绘画中的运用》，《社科纵横》，2008年第8期。

[21] 李陀：《意象的激流》，《文艺研究》，1986年第3期。

[22] 林斤澜：《注一个"淡"字》，《中国作家》，1991年第5期。

[23] 刘明：《汪曾祺与五四新文化传统》，《华侨大学学报（哲学社会科学版）》，2002年第2期。

[24] 卢军：《影响与重构——汪曾祺小说创作论》，山东大学博士学位论文，2005年。

[25] 路易斯·沃斯：《作为一种生活方式的都市生活》，《都市文化研究》，2007年第1期。

[26] 马婷婷：《论汪曾祺的三副"面孔"》，中央民族大学硕士学位论

文，2010年。

[27] 毛思敏：《布鲁姆的"误读"理论》，山东师范大学硕士学位论文，2006年。

[28] 阮兰芳：《日常生活与文学上海》，山东大学博士学位论文，2014年。

[29] 宋立永：《清代苏北运河沿岸婚俗变迁研究》，湘潭大学硕士学位论文，2008年。

[30] 孙生民：《"里下河文学流派"与扬州文化研究》，《扬州教育学院学报》，2015年第2期。

[31] 孙玉珍：《论当代里下河作家与地域文化的关系》，南京师范大学硕士学位论文，2011年。

[32] 邰宇：《汪曾祺研究概况》，《社科信息（南京）》，1992年第8期。

[33] 唐利群：《"二十世纪中国文学与区域文化丛书"座谈纪要》，《博览群书》，1996年第4期。

[34] 田敏：《鲁迅与浙东民间文化》，华中师范大学博士学位论文

[35] 王蒙：《新时期文学面面观》，《芙蓉》，1993年第3期。

[36] 王瑜：《文学视域中汪曾祺小说的三次重要重写》，《北京社会科学》，2013年第5期。

[37] 维儒：《寻访庵赵庄》，《扬州日报》，2012年7月26日。

[38] 文学武：《日常生活的诗情——汪曾祺的文学意义》，《同济大学学报（社会科学版）》，2009年第5期。

[39] 吴晨：《汪曾祺的晚年写作研究》，南京师范大学硕士学位论文，2012年。

[40] 吴兆路：《性灵派研究》，甘肃：甘肃教育出版社2001年版。

[41] 谢泳：《西南联大与汪曾祺、穆旦的文学道路》，《文艺争鸣》，

1997 年第 4 期。

[42] 严家炎：《论京派小说的风貌和特征》，《湖北大学学报（哲学社会科学版）》，1989 年第 4 期。

[43] 杨红莉：《汪曾祺小说"改写"的意义》，《文学评论》，2005 年第 6 期。

[44] 杨建华：《明清扬州城市发展和空间形态研究》，华南理工大学博士学位论文，2015 年。

[45] 杨贤艺：《论印象派绘画的艺术特色》，《艺术教育》，2006 年第 4 期。

[46] 杨学民：《里下河作家群小说的民俗建构机制和途径》，《文艺争鸣》，2016 年第 3 期。

[47] 杨姿：《二十世纪中国乡土的浪漫书写》，湖南师范大学博士学位论文，2010 年。

[48] 翟瑞青：《童年经验对现代作家创作的影响及其呈现》，山东大学博士学位论文，2013 年。

[49] 张瑞英：《地域文化与现代乡土小说生命主题研究》，山东师范大学博士学位论文，2007 年。

[50] 张伟：《苏北农村民间宗教信仰状况与问题研究》，《南京工程学院学报（社会科学版）》，2014 年第 1 期。

后　记

又是一年春风拂面时，校园里玉兰盛开的样子与往年并无差别，日光透过蔓延的枝丫刺入眼底，恍神仿佛本科刚入学的时光，细数已是十余载前，可叹的是年年岁岁花相似，岁岁年年人不同。彼时曾感日长如小年，今日却更有逝者如斯夫，不舍昼夜的惶恐。

在中央民族大学攻读博士的三年，是一个逐步认识到自己不足的过程，也是未来人生的又一个起点。入学时想要做到的许多事情都未能展开，但也有预期之外的收获。最使我庆幸的，是投在我的博士导师徐文海先生的门下，先生不仅在学业上对我严格要求，谆谆教诲，使我受益匪浅，更在人生的道路上给予我明灯般的指引与鼓舞，使我在纷乱和迷茫中得到温暖和慰藉。在论文写作中，从选题立意、结构规划到具体写作，先生都付出了智慧与心血，耐心细致地给予我指导，特别是帮助我选定论文题目、修整结构、指明研究方向。为了使我的论文写作得到更为直观的素材，先生不辞劳苦，在百忙中抽出时间，带领一行人前往汪曾祺的故乡高邮进行了实地考察。在攻读博士的三年里，先生的人格与学品使我深受感染、肃然起敬，先生不只是我的博士导师，也是我今后人生的精神导师。

感谢我的家人，感恩我的父母和爱人，没有他们的物质馈赠和精神支持，我无法安心于纷扰变化的俗世，坚持完成我的学业。人说三十而立，我很惭愧，三十已过两载，却并没有做到稳扎而立，没能做到反哺父母，照顾家人。虽然他们对我并无任何需求，唯一希望的可能只是多一些陪伴,我却借工作缠身、学业繁忙等种种理由并未做到。感谢我的爱人,这三年我们的生活和工作历经挑战,所幸都能攻坚克难,再上层楼。这些年我们携手走过,有他的爱护和鼓励,愈懒如我才能鼓起勇气,努力奋进,面对挑战。

时至今日,最大的感触除了感恩,就是惭愧。我深知自己学识浅陋,外加工作繁忙,几经变换岗位与单位,且家中琐事甚多,牵扯时间精力,因此在攻读博士的三年里,许多时候都没有做到心无旁骛,专心致学。我总想兼顾学业、工作和家庭,却致使一路跌撞前行,狼狈不堪,故论文中也可想见,必然存在诸多粗浅不足和值得商榷之处,只有寄希望于未来的研究中纠正和弥补了。

2020 年春　金台夕照